LES MYSTÈRES DU TEMPS

Pour Héloïse, Augustine et Mathis,
parce qu'il était une fois, parce qu'il sera mille et une fois…

S. N.

Collection
LES MYSTÈRES DE LA CONNAISSANCE

Cette collection est publiée en partenariat avec l'Université de Lausanne (UNIL)
à l'occasion des Mystères de l'UNIL - **www.mysteres.ch**

UNIL | Université de Lausanne

Sylvie Neeman

LES MYSTÈRES DU TEMPS

illustré par Rémi Farnos

LA JOIE DE LIRE

Préface

Il y a d'abord le temps dit « physique », celui qu'indiquent nos montres. Franchement, c'est un drôle de personnage : il est abstrait, indifférent, imperturbable, impassible, au sens où rien ne semble pouvoir affecter son cours. Il ne s'use pas ni ne vieillit à mesure qu'il prend de l'âge. Il s'agit d'un temps indépendant de nous, qui était là bien avant nous et qui continuera de s'écouler après notre mort, comme si de rien n'était.

Et puis il y a le temps tel que nous l'éprouvons, le subissons, le ressentons tout au long de notre vie : un temps variable, indécis, déguisé, tantôt long, tantôt court, tantôt rapide, tantôt lent. Un temps qui se moule dans le rapport que nos existences entretiennent avec le temps physique et qui, lui, s'interrompt à l'heure de notre mort. Bref, un temps soi-disant « vécu » dont nous parlons comme s'il ressemblait à ce qui se déroule en son sein, comme s'il se confondait avec les divers déploiements qui lui servent de décor ou d'habit.

Et entre ces deux temps-là, il en existe un troisième, que l'on pourrait d'ailleurs appeler le « tiers-temps » : c'est le temps raconté, le temps mis en scène au travers de récits. S'il nous importe tant, c'est parce qu'il est celui que nous parvenons à faire vivre en l'enrobant d'une enveloppe charnelle, c'est-à-dire en racontant des histoires !

C'est ce qu'a fort bien compris Sylvie Neeman qui, dans cette belle histoire qu'elle nous raconte, entremêle des jumeaux et des horloges, des fromages et des souvenirs, des mémoires et d'étranges machines. Au fil des pages qui vont suivre, c'est tout notre rapport existentiel au temps qui passe et à notre façon de le dire qui se trouve mis en scène, examiné, interrogé d'une façon qui donne le vertige. De sorte qu'en refermant le livre, on ne peut que se dire : le temps, quelle histoire !

Étienne Klein

SOMMAIRE

Ce livre aurait dû paraître au mois de mai 2020. Mais cette année-là, une pandémie mondiale a bouleversé notre vie et notre terre. Des millions de gens sont tombés malades, la plupart ont guéri, mais pas tous malheureusement.
On a connu des villes désertes, chacun restait chez soi, on portait des masques, on ne voyait plus les sourires des gens que dans leurs yeux.
On a appris de nouveaux mots, Covid-19, confinement, distanciation sociale, gestes barrière, gel hydroalcoolique.
On a appris qu'il existait des choses essentielles, et des choses qui ne l'étaient pas – et parfois c'était un peu le contraire de ce qu'on imaginait.
On a appris qu'on pouvait se protéger les uns les autres.
Il y avait des obligations qu'on comprenait très bien, et des interdictions qu'on regrettait beaucoup.
On ne voyait plus les traces blanches des avions dans le ciel, mais on voyait des poulpes dans les canaux de Venise.
On manquait de câlins, d'en donner et d'en recevoir.
Toute notre vie était bouleversée.
Et beaucoup de livres, à l'image de celui-ci, ont dû patienter dans des ordinateurs, attendre des jours meilleurs – et que les librairies ouvrent à nouveau.
C'est peut-être ça aussi, « les mystères du temps ».

Sylvie Neeman, mai 2021.
Ou 1442. Ou 5781. Ou…

Introduction

2020, année de parution du livre que vous avez entre les mains, est une année bissextile. Cela signifie qu'elle compte 366 jours au lieu de 365, phénomène qui a lieu, sauf de très rares exceptions, tous les 4 ans.

Savez-vous que c'est Jules César qui a instauré l'année bissextile ? Voici pour quelle raison : il existait un décalage entre la durée d'une année dans le calendrier romain (366,25 jours) et l'année astronomique (365,2422 jours). En introduisant l'année bissextile, autrement dit en ajoutant un jour, tous les quatre ans, au mois de février qui était à l'époque le dernier mois de l'année, Jules César, sur conseil des astronomes, a permis que l'année « moyenne » (365,25 jours) soit très proche de l'année astronomique.
Dès lors, le calendrier romain deviendra, en 46 avant notre ère, le calendrier julien (comme Jules).
Si notre calendrier s'appelle « grégorien », c'est parce qu'il a été à nouveau modifié par l'astronome italien Luigi Lilio. Cette réforme est promulguée en 1582 par le pape Grégoire XIII.

Il existe des calendriers égyptien, mésopotamien, hébraïque, grec, chinois, aztèque, musulman, indien, babylonien, tibétain et bien d'autres encore.

Le calendrier grégorien est celui qui est officiellement adopté par l'immense majorité des pays sur terre. Mais pour certains événements religieux, culturels, pour certaines célébrations, les populations asiatiques, musulmanes, juives ou orthodoxes, par exemple, utilisent leur propre calendrier.
Ainsi le Nouvel-An juif, ou chinois, ou musulman ne se célèbre pas au 1er janvier.
Et si nous sommes en 2020, selon le calendrier islamique nous sommes en 1441, selon le calendrier hébraïque en 5780, et selon le calendrier chinois… dans l'année du rat.

1.

L'HORLOGE DE LA GARE

Avec des si,
on mettrait Lutèce
en amphore.

René Goscinny

— À 7h précises, vous m'entendez les chéris? Mettez votre réveil à l'heure que vous voudrez, mais on quitte la maison à 7h précises, le train est à 7h37. Et je veux que vous portiez vos chaussures de marche, les grosses brunes à lacets violets, un T-shirt et un pull polaire ; même si c'est l'été, il fera parfois chaud et parfois froid, et vous prenez votre piolet, votre casquette et vos lunettes de soleil. Moi je m'occupe de l'eau, de la crème solaire et du pique-nique.

— N'oublie pas les fruits secs !

— Et le chocolat !

— Je n'oublie pas… Filez vous coucher à présent. Bonne nuit mes amours.

Ça, c'était le vendredi 10 juillet.

C'était la veille.

C'était il y a un siècle.

C'était avant.

Le lendemain, la journée a merveilleusement bien débuté. On était à l'heure – enfin presque, on n'a pas eu le temps de prendre un petit déjeuner, mais Maman s'y attendait, elle nous avait préparé de grosses tartines de pain de seigle et de gruyère, en un coup de baguette magique elle les a transformées en sandwiches et on les a emportés pour les manger dans le train.

À 7h29, on était sur le quai et on attendait en regardant les touristes japonais en partance pour Venise, avec leurs énormes valises et leurs parapluies ouverts pour se protéger d'un soleil qui n'avait pourtant pas encore vraiment percé les nuages.

C'est là que Maman a dit quelque chose d'étrange. Je ne sais pas si ça aurait dû nous alerter, si c'était comme une intuition de ce qui allait suivre. Les prémonitions, c'est toujours après qu'on les interprète, c'est toujours après qu'on les comprend, c'est un peu facile. Mais j'y ai souvent repensé, et je continue d'y voir comme un petit éclat, un minuscule gravier qui aurait frappé une vitre, et il ne se passe rien jusqu'à ce que le verre, quelques heures plus tard, vole en éclats.

Maman fixait depuis un bon moment l'horloge de la gare ; dans toutes les gares suisses, sur chaque quai, accrochés à un poteau ou suspendus à une armature en métal, il y a ces mêmes grands cadrans blancs à aiguilles noires, sauf celle des secondes qui est rouge et se termine par un cercle rouge également.

Donc Maman était là, la tête levée et les yeux rivés sur cette montre, comme un chat fixant un oiseau sur une branche ; elle ne nous écoutait apparemment plus, car lorsque je lui ai demandé à quelle heure on arriverait à la cabane, elle m'a répondu « oui mon chéri ». J'ai insisté, je lui ai dit qu'elle devrait se déshypnotiser si possible avant l'arrivée du train et elle m'a dit « chut, je compte » ; je ne voyais pas ce qu'il y avait à compter, si c'étaient les minutes, l'horloge le faisait très bien pour nous, soudain Maman a souri, nous a regardés et a affirmé :

C'EST BIEN CE QUE JE PENSAIS, ON NOUS VOLE DES SECONDES. VOUS VOUS RENDEZ COMPTE, LES ENFANTS ? À CHAQUE MINUTE QUI PASSE, ON NOUS VOLE UNE OU DEUX ...
... SECONDES, JE N'ARRIVE PAS À SAVOIR COMBIEN EXACTEMENT, IL ME SEMBLE QUE C'EST UN PEU PLUS D'UNE ET UN PEU MOINS DE DEUX.
TU VAS BIEN MAMAN ?
TU AS PEUT-ÊTRE MANGÉ UN PEU TROP DE BIRCHER CE MATIN ?

On a tendu notre cou et on est restés immobiles à examiner l'aiguille rouge et on a vu qu'effectivement on pouvait suivre son parcours seconde après seconde, mais une fois le tour terminé, une fois l'aiguille parvenue sur le chiffre douze, elle marquait un léger temps d'arrêt avant de repartir.

Maman s'est tournée vers nous, triomphante :

— Vous voyez ? Qu'est-ce que je vous disais ? Chaque minute, un peu de temps nous est volé, un peu de temps disparaît dans un vide spatio-temporel et on ne sait pas ce qu'il devient. À moins que vous n'ayez une autre explication ?

Il faut avouer qu'on était troublés, Polina et moi, mais notre maman est une scientifique, alors elle dit et voit souvent des choses qui nous semblent un peu étranges, ou elle trouve étranges des choses qui nous semblent tout à fait normales, et comme le train est arrivé juste à ce moment-là, on a dû se frayer un chemin entre les parapluies et les valises sans pouvoir creuser mieux la question.

On a trouvé un compartiment occupé par un jeune homme qui devait être en train de finir sa nuit, ou de la commencer, comment savoir, en tout cas, même l'odeur de nos sandwiches au gruyère ne l'a pas réveillé.

On avait une demi-heure de voyage jusqu'à Martigny, là on changerait de train pour un régional qui nous déposerait à Riddes, puis nous marcherions jusqu'au téléphérique qui monte à Isérables en nous offrant six merveilleuses minutes suspendus à des câbles mouvants, puis à Isérables un bus postal jaune nous conduirait à La Tsoumaz, et enfin une poignée de minutes encore en télécabine (pas vraiment pire que le téléphérique, pas mieux non plus) et nous arriverions à Savoleyres, départ de notre excursion ! Tout cela était réglé comme du papier à musique et Maman s'est dite bien contente que le train soit arrivé à l'heure en gare de Montreux.

Nous ne savions pas encore si nous tenterions l'ascension de la Pierre Avoi elle-même ; cette escalade, qui comprend des échelles et des marches taillées dans la roche, Polina et moi nous ne l'avions encore jamais faite et ça m'inquiétait car j'ai un peu le vertige, pas souvent mais ça m'arrive, si bien que Maman nous a rassurés en affirmant que nous pouvions tout aussi bien renoncer, et qu'en contournant le pic on profiterait de vues presque aussi spectaculaires que depuis le sommet ; commencerait alors notre descente sur Verbier, qui nous prendrait presque trois heures, y compris une halte dans une cabane perchée comme un nid d'aigles sur la plaine, où nous mangerions notre pique-nique.

Moi, quelques jours après ce terrible samedi, je ressassais les événements et pensais que si on était arrivés en retard à la gare et qu'on avait vu le train nous filer sous le nez, ou s'il avait plu des cordes ce jour-là, rendant impossible toute excursion en montagne, ou si l'un de nous s'était réveillé avec de la fièvre, ou si on n'avait pas réussi à avoir la correspondance avec le régional, ou si le conducteur avait oublié de s'arrêter à Riddes, c'est très rare mais ça arrive, plein de choses rares arrivent, je ne le sais que trop, si pour cette raison ou une autre on avait loupé le téléphérique, ou si au départ de Savoleyres je m'étais aperçu que j'avais oublié mon sac à dos dans la télécabine et qu'il avait fallu attendre son retour, ou si au début de la montée, après les pâturages, Maman s'était juste un peu tordu la cheville et avait boitillé quelques minutes au lieu de marcher de son pas décidé, son pas de géologue prête à vaincre des sommets pour casser un bout de caillou, si, si, si… eh bien tout aurait été différent.

2.
ON A MARCHÉ SUR L'OCÉAN

Le temps est l'image mobile
de l'éternité immobile.

Platon

Lorsqu'on est sortis de la télécabine, le soleil brillait, mais il ne faisait pas chaud, nous étions déjà à plus de 2 300 mètres d'altitude et tous les trois bien contents d'avoir nos polaires.

Il n'y avait pas foule sur le chemin de la Pierre Avoi, ce matin-là.

Mais, par bonheur, par bonheur vraiment, on n'était pas les seuls.

Bien sûr, il y avait la beauté des paysages, ces montagnes dont les sommets, au loin, émergeaient à peine de la brume, la douceur des flancs herbeux, qui contrastaient si fort avec les arêtes tranchantes des aiguilles, mais ce n'était pas pour ça qu'on était là, pas seulement.

Ce qui intéressait Maman, ce qui a toujours intéressé Maman, ce sont les cailloux. Les pierres. Les roches.

On a une mère qui fait parler les cailloux. Elle les regarde, on dirait qu'elle les dévisage, et lorsqu'ils ne sont pas trop lourds, elle les soulève, les tourne et retourne, et les interroge :

— Alors, raconte, toi, qui as-tu vu passer ? Des dinosaures ? Des poissons osseux ? Des hommes du Néandertal ?

Il est arrivé qu'on se promène à 3000 mètres d'altitude et qu'elle nous demande « quelle impression ça vous fait, d'être au milieu d'un océan ? »

On a pensé à une plaisanterie, la première fois que Maman nous a parlé d'océan valaisan. Mais non. Elle ne plaisante pas trop avec ces histoires de géologie et de formation des continents.

Bien sûr, on l'a interrogée du regard, parce qu'on savait que l'explication allait suivre, c'est comme ça qu'on a appris qu'il existait deux océans, en plein milieu de notre bonne vieille Europe, l'océan alpin et l'océan valaisan.

C'est sa passion, Maman se sent comme un poisson dans l'eau au cœur de ces mers de roches. Et là où, Polina et moi, on ne voit qu'une pierre grise, elle voit une quartzite ou roche siliceuse à cassure esquilleuse, et elle prononce ces mots avec la même gourmandise que nous lorsqu'on lit le menu d'un marchand de crêpes.

Parfois, elle tient un simple caillou entre les mains et elle nous dit « regardez, il est impossible de les apercevoir sans un microscope électronique, mais cette pierre renferme des milliers de radiolaires de l'époque du Crétacé ».

Aujourd'hui, on n'a plus besoin de traduction.

On sait que les radiolaires sont bien trop petits pour pouvoir être observés à l'œil nu, ça fait belle lurette qu'on a appris qu'il s'agit d'organismes marins d'à peine un ou deux dixièmes de millimètres, alors on aurait beau prendre une loupe, on ne verrait rien.

Mais dans le laboratoire où Maman et ses collègues travaillent, des machines agrandissent tellement ces miniatures qu'on a l'impression de voir d'immenses tapisseries aux motifs d'étoiles, de graines, de fleurs, d'oursins.

C'est très beau.

Ça fait rêver.

Le temps des pierres

À notre petite échelle humaine, on croit les choses immuables, mais à l'échelle de la terre, qui se compte en centaines de millions d'années, tout bouge tout le temps.

«Tout ce que vous voyez là, me dit le professeur Lukas Baumgartner en me montrant le magnifique paysage de lac et de montagnes que dévoile la baie vitrée de son bureau au quatrième étage du bâtiment Géopolis, oui, chaque cime, chaque crête, tout était sous l'eau.»

Un océan valaisan?

Il y a 250 millions d'années, les continents qu'on connaît aujourd'hui étaient soudés entre eux; cet immense et unique territoire, entouré d'eau, on l'a appelé la Pangée.

Mais la terre est vivante et procède apparemment par cycles: tous les 400 millions d'années (environ!), les plaques terrestres bougent, se fissurent, finissent par se séparer et l'eau en profite pour s'engouffrer entre les failles, créant des océans.

Ce travail de cassure et de séparation s'appelle la tectonique des plaques: il s'agit de mouvements infimes, deux ou trois centimètres par an, parfois un peu plus, mais lorsque deux continents se rencontrent à nouveau, les sédiments posés au fond de l'eau émergent, se plissent, et en quelques dizaines de millions d'années à peine (!) on assiste à la naissance d'une chaîne de montagnes…

Léo, Polina et leur maman marchent en réalité sur les fonds d'un ancien océan qui a existé à l'époque où l'Afrique et l'Europe étaient les plus éloignées l'une de l'autre: si ces deux continents ont commencé à se séparer il y a 160 millions d'années, le plus grand écart entre eux a dû exister il y a 110 millions d'années.

En ce moment, on est dans une phase de rapprochement, de resserrement des plaques. Dans quelques dizaines de millions d'années commencera la phase d'écartement, au cours de laquelle les Alpes suisses et françaises admirées par la belle baie vitrée vont peu à peu s'effondrer et disparaître.

Faire parler les cailloux

Les géologues s'efforcent de dater les pierres, les sols, les montagnes. Il existe deux sortes de datation : la datation relative, qui est peu précise et dépend uniquement de la logique dont fait preuve celui qui s'y attache. Il va observer la superposition des couches, la croissance, les bordures, les glissements qu'il a sous les yeux et en déduire une certaine chronologie des événements.

Et il y a la datation absolue, obtenue grâce à la radioactivité ; cette dernière méthode est d'une précision incroyable puisqu'on peut estimer à 5 000 années près une roche vieille d'environ 15 millions d'années !

Léo affirme que les roches contiennent, enfermée en elles « comme des mots dans un livre », une multitude d'indices qui racontent leur histoire, qui racontent notre histoire, à leur façon. Le professeur Baumgartner est d'accord avec cette comparaison, à ceci près qu'à ses yeux, c'est plus un livre de philosophie qu'un roman léger qu'on essaie de déchiffrer, lorsqu'on fait parler les cailloux : parfois, l'écriture est un peu complexe et on ne comprend pas tout !

C’est comme ça que les scientifiques savent, pour l’océan alpin et l’océan valaisan : ils voient toute la faune et la flore marines qui sont restées à jamais enfermées dans ces cailloux comme des mots dans des livres, et qui racontent leur histoire, qui racontent notre histoire, à leur façon.

Si ce samedi de juillet, Maman avait décidé de monter à nouveau au sommet de la Pierre Avoi, c’était parce que pour l’essentiel il s’agissait d’une escalade facile, à laquelle nous pouvions sans problème prendre part, et aussi parce que c’est un lieu très spécial, où elle aime retourner régulièrement : on y marche à la limite entre deux continents, là où deux plaques tectoniques sont entrées en collision ; l’une a glissé sous l’autre, ce choc si violent a soulevé et plissé la croûte terrestre, et des montagnes se sont formées.

Bien entendu, ça a pris des millions d’années.

Et puis, là-bas, il y a aussi eu un autre choc, beaucoup plus doux, qui n’a pas duré bien longtemps : c’est là que Papa et elle se sont embrassés pour la première fois.

3. LE CRI DU CHOUCAS

Ta vie ne tient
qu'à un fil,
Téléféric !

René Goscinny

Quand on fait une sortie en montagne, on commence par marcher à travers les pâturages, pour gagner les éboulis. Là où il se passe des choses, dit Maman, qui marche tête baissée comme si elle avait perdu ses clés au beau milieu de ces innombrables fragments épars. Avec elle, on ne prend pas le chemin le plus court, mais le plus intéressant. Ce qui signifie généralement le plus caillouteux, le plus vertigineux, en tout cas pour moi qui n'ai pas vraiment le pied marin dans feu ces océans. Par chance, Polina décrète assez vite qu'il est temps de s'octroyer une petite halte. C'est toujours elle qui ose le proposer. Ça m'arrange bien. Et j'ai comme l'impression qu'elle emploie le verbe « octroyer » pour faire sourire Maman et l'inciter à accepter.

Alors on s'assied en contrebas d'une crête, on sort un sachet de fruits secs, on croque et on regarde, et on imagine.

Généalogie des populations

Tous parents

À l'Université de Lausanne, une jeune professeure et chercheuse s'intéresse tout simplement… aux balbutiements de l'humanité ; cela signifie qu'elle veut comprendre l'histoire des populations, le lieu d'origine des premiers êtres humains, puis la façon dont ils ont peu à peu colonisé le monde.

Comment procède-t-elle ? Son domaine s'appelle la génétique des populations. Dans « génétique », il y a le mot « gène » : Anna-Sapfo Malaspinas s'intéresse à l'ADN contenu dans des fragments d'os, ou de dents, ou d'autres fossiles extrêmements anciens, et grâce à son analyse, qui demande des machines à la pointe de la technologie et des modèles mathématiques compliqués, la chercheuse parvient à remonter très loin dans le passé.

Car nous avons tous un ancêtre commun !

Dans notre ADN est inscrite l'histoire de notre famille, de nos ancêtres, et si l'on passe de générations en générations, si l'on remonte le temps de dizaines de milliers d'années en dizaines de milliers d'années, on parvient à une population humaine ancienne dont nous descendons tous, la chercheuse en est formelle, l'ADN ne saurait mentir.

L'ADN est partout, dans tout ce qui croît, tout ce qui vit : il y a de l'ADN dans nos cheveux, nos os, mais aussi sur les tiges d'une fleur, les feuilles d'un arbre, la peau d'une tomate !

L'acide désoxyribonucléique (c'est le nom scientifique de l'ADN) est une longue molécule qui ressemble à une double hélice.

Dans notre corps, elle se trouve dans les très, très nombreuses cellules (plus de 20 milliards) qui composent les tissus et les organes. Grâce à cette molécule ADN, on peut décrypter le génome humain, c'est-à-dire tout notre matériel génétique, ce qui a été fait pour la première fois de façon complète en 2003 seulement, autrement dit hier !

Tous migrants

C'est en Afrique qu'on a retrouvé les fossiles humains les plus anciens (on les estime à environ 300000 ans), c'est donc bien l'Afrique qui est le berceau de l'humanité.

Et c'est de ce continent que les premiers humains sont partis, il y a environ 100000 ans, pour le vaste monde. Ils sont arrivés tout d'abord en Australie, puis en Europe.

Quand sont-ils parvenus en Suisse ? Il est difficile de le dire avec précision, en particulier car notre pays a été régulièrement recouvert par des glaciers qui effaçaient tout sur leur passage !

L'homme de Néandertal semble être arrivé en Suisse il y a environ 35000 ans : il y vit dans des grottes et des abris sous les roches. Puis il y a eu une période de forte glaciation qui a rendu les lieux bien peu accueillants et c'est donc après le retrait des glaciers, vers 17000 à 12500 avant notre ère, que les premiers hommes « non archaïques », autrement dit les premiers « hommes anatomiquement modernes », sont venus s'installer dans nos contrées. Il y fait encore froid. Vers Villeneuve, le glacier du Rhône charie des icebergs dans le lac Léman. Il n'y a pas de forêt mais une sorte de toundra où ces hommes chassent les chevaux, les bisons et les rennes.

Où que l'on s'arrête, il y a une histoire possible, il y a des bêtes inconnues, disparues, des plantes inouïes, et parfois des hommes qui commencent à nous ressembler.

Maman nous raconte, un temps infini défile sous nos yeux, 500 millions d'années s'écoulent en quelques minutes, des animaux prodigieux volent au-dessus de nos têtes, nagent sous nos pieds, puis les océans peu à peu se referment, les dinosaures disparaissent de la surface de la terre – en réalité, c'est la moitié des espèces vivant sur terre et dans l'eau qui disparaît en même temps qu'eux ; Maman dit que la prochaine extinction de masse, qui a d'ailleurs déjà commencé, ne sera pas due à une météorite géante, pas à un tsunami, c'est uniquement l'être humain qui en sera la cause. Nous.

— Allez, on l'attaque, cette montée ? Échelles ou pas échelles ?

— On regarde de quoi ça a l'air et on décide après, a proposé Polina.

— Ça me va, ai-je ajouté.

— Parfait, a dit Maman.

On s'est levés, on a attrapé nos sacs à dos, et on s'est remis en route, nous devant et Maman derrière, c'est ainsi que l'on fait lorsque les sentiers deviennent étroits.

Le nôtre devenait bien raide, aussi, car on contournait par l'arrière le pic rocheux.

On marchait et il y avait ce vert vif de l'herbe, tacheté du gris étincelant des pierres, on aurait dit qu'elles étaient mouillées tant elles brillaient, le ciel était d'un bleu éclatant avec quelques rares nuages immobiles, et il y avait aussi ce silence, que seul le bruit de nos pas rompait, mais de façon feutrée, régulière, on avançait tous les trois à la même cadence, et dans le crissement de nos chaussures on pouvait presque entendre le tic-tac d'une montre.

Comment aurais-je pu imaginer que c'était comme un compte à rebours qui s'écoulait en réalité ?

C'est alors que c'est arrivé.

Je me souviens avoir vu un choucas s'envoler à quelques mètres de nous, je me souviens de son cri, que j'ai trouvé doux, je me souviens que Polina s'est retournée pour le suivre des yeux, je me souviens du regard de ma sœur à ce moment-là, et que de rieur il est soudain devenu glacé, puis épouvanté, car ce qu'elle voyait, c'était Maman qui perdait pied, et au moment où moi aussi je me suis retourné, elle dévalait déjà la pente, entraînant avec elle de petits rochers – à moins que ce ne soient eux qui l'aient emportée dans leur chute.

De ce qui a suivi immédiatement, je ne me souviens pas.

Il y a un trou de deux heures dans ma vie.

Mais je pourrais le raconter, car on me l'a raconté.

Les gens qui ont accouru.

L'hélicoptère. L'hôpital.

Polina non plus ne se souvient pas.

Mais, pour elle, c'est différent.

Elle n'a pas un trou de deux heures dans sa vie. Elle a un trou de douze ans.

Polina a eu ce regard vers Maman qui tombait, et c'est comme si ensuite, tout s'était effacé.

Tout depuis le premier jour.

Toute sa vie.

Moi, quand j'ai repris pied dans le présent, j'étais avec Papa dans une salle d'attente.

Nous étions avec Papa dans une salle d'attente.

Il avait passé son bras droit autour des épaules de Polina, son bras gauche autour de mes épaules, la dernière fois qu'il nous avait tenus comme ça, c'était le 13 juin 2014, on avait six ans, deux mois et dix-huit jours, on était allés voir un spectacle de marionnettes qui nous effrayait un peu, Polina et moi, c'était très sombre et très bruyant, ça se passait dans un caveau de la vieille ville, on était entrés dans un café qui sentait encore le poisson et les frites qui avaient été cuisinés pour les assiettes du jour, on nous avait dit de descendre l'escalier qu'on voyait au fond, derrière le comptoir, seize marches qui menaient aux toilettes, mais aussi à la salle de spectacle, plus on descendait et plus une odeur désagréable, entre moisissure et produits de nettoyage, nous envahissait les narines ; assis derrière une petite table en bois, un homme aux cheveux blancs retenus en catogan tenait une caisse improvisée, Papa avait payé nos entrées, on avait reçu chacun un bout de papier, jaune pour lui et bleu pour nous, on s'était assis au neuvième rang, l'avant-dernier, ce n'était pas parce qu'il y avait beaucoup de monde, il y avait en tout et pour tout quatorze personnes, mais je ne voulais pas être près de la scène ; la représentation avait commencé presque aussitôt, ça racontait un anniversaire au temps du paléolithique, un goûter d'enfants des cavernes à base de cuisse de mammouth confite sur laquelle on avait planté six énormes torches, parce que les bougies, à cette époque…

C'est Maman, partie en expédition en Italie, qui avait dit à Papa que ce serait une bonne idée, ce spectacle, pour nous occuper un peu le samedi après-midi, mais lorsque de la fumée a envahi la scène (et les spectateurs) pour imiter une éruption volcanique, Polina a dit qu'elle voulait être à côté de Papa, on a changé de place, il est venu entre nous deux et c'est à ce moment qu'il a posé ses bras sur nos épaules ; il sentait l'herbe parce qu'il avait tondu le gazon peu avant qu'on parte en ville, il sentait aussi la pomme, à cette époque on avait un savon liquide à l'odeur de pomme, l'étiquette était jaune et verte et finissait toujours par se décoller ; à midi, une fois papa douché et habillé, on avait mangé des pâtes avec du jambon et du parmesan, on avait cherché de la crème dans le réfrigérateur, mais il n'y en avait plus, alors Papa avait mis un peu de lait, et pour le dessert on avait mangé les toutes premières fraises du jardin, je me souviens de leur goût, et aussi que j'en avais cueilli deux qui n'étaient pas assez mûres, Papa m'avait dit qu'il fallait être patient, parfois, puis il avait regardé sa montre et s'était exclamé qu'on allait être en retard, que le spectacle n'allait pas nous attendre, tant pis pour les dents, on les lavera deux fois plus longtemps ce soir, Léo, tu ne vas tout de même pas sortir avec ce pull plein de taches, file vite te changer, et toi Polina, va fermer les fenêtres s'il te plaît, moi je prends mon porte-monnaie et mes clés, bon sang, elles sont où, mes clés de voiture ? Si c'est une blague, elle n'est pas drôle !

Ses clés étaient sous le courrier, c'est Polina qui les a trouvées et il lui a dit « Merci ma grande » en enfilant ses chaussures beiges, celles qui avaient des lacets bruns et gris, il s'est exclamé « aïe, déjà 14h10 » et on a couru jusqu'à la voiture, par chance Papa n'avait pas remarqué que j'avais juste retourné mon pull, parce que j'avais eu la flemme de remonter dans ma chambre, alors je m'étais arrêté à la sixième marche et hop, ni vu ni connu.

Mais qu'est-ce qu'il m'arrive ?

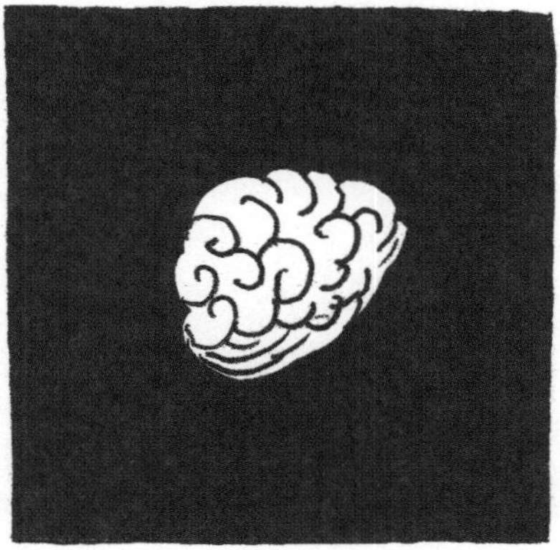

4. TOUT ET RIEN

La mémoire,
c'est du souvenir
en conserve.

Pierre Dac

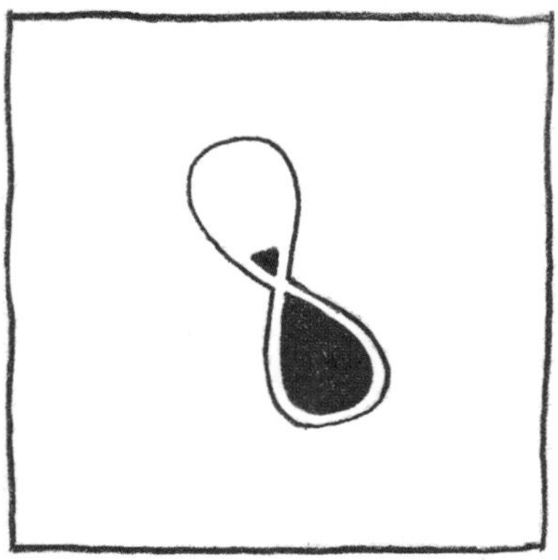

Polina ne se souvient de rien, et moi je me souviens de tout.

De trop.

C'est bizarre, parce qu'on a plutôt tendance à avoir des attitudes, des réflexes semblables, elle et moi ; on a beau essayer à tout prix de se démarquer l'un de l'autre, on voit bien que les mêmes personnes nous énervent, les mêmes livres et les mêmes films nous enthousiasment, les mêmes réflexions nous irritent.

Mais là, non.

Sur ce coup, tout jumeaux qu'on est, on n'a pas du tout réagi de la même manière.

Et il a bien fallu trois jours pour que Papa et notre grand-mère s'alertent, et pour que des infirmiers et des médecins mettent des mots sur ce qui nous arrivait.

Dans un premier temps, face à un choc, tout semble normal, n'importe quelle réaction peut se comprendre : se taire ou trop parler, ne pas répondre ou répondre à côté, se focaliser sur des événements anciens ou hausser les épaules et regarder ailleurs.

Mais, peu à peu, l'évidence est apparue : Polina souffrait d'amnésie, et moi d'hypermnésie, selon le docteur qui nous a examinés.

Autrement dit, la vision de Maman chutant dans la pente a été si terrible pour ma sœur qu'une partie de son cerveau a décidé de fermer les volets, de couper la lumière, laissez-moi tranquille, je n'ai rien vu, je ne veux rien voir, je refuse de me souvenir de cette scène, et d'ailleurs je refuse de me souvenir tout court, des temps heureux y compris.

Quant à moi – et j'avoue avoir eu de sérieux doutes sur la santé de mon petit cerveau dès que j'ai commencé à retrouver le menu de ce qu'on avait mangé il y a un peu plus de six ans, et le nombre de marches qui nous ont menés ensuite au spectacle de marionnettes –, c'est l'exact contraire : à cause de cette même vision, je me souviens de tout.

J'ai retrouvé, ou plus exactement ma mémoire a retrouvé des choses qu'elle avait perdues depuis belle lurette, des détails de rien qui occupent maintenant une place folle dans mes pensées, je n'arrive plus à faire le tri entre ce qui est important et ce qui peut tout aussi bien passer aux oubliettes, parce que, précisément, il n'y en a plus, d'oubliettes, je garde tout, je stocke tout, je suis un disque dur ambulant. Ça peut paraître génial, dit comme ça, mais en réalité je suis en train de me rendre compte que ce n'est pas facile à vivre.

Papa, en écoutant le médecin, avait l'air complètement abasourdi. Non seulement sa femme, notre maman, était dans le coma, mais en plus ses deux enfants souffraient d'une mémoire traumatique – c'était une façon élégante de dire qu'on avait, Polina et moi, le cerveau qui déraillait.

Maman est bien sûr celle qui est la plus gravement atteinte, et ce n'est pas étonnant quand on pense à la chute qu'elle a faite. Lorsque l'hélicoptère est venu la chercher, elle était inconsciente ; une fois arrivée à l'hôpital, une fois toute une série d'examens passés, une fois son corps et surtout sa tête scannée et radiographiée sous toutes les coutures, les médecins ont dit qu'il fallait attendre, qu'elle était entièrement prise en charge par les machines qui l'aidaient lorsqu'il le fallait, là où il le fallait, que si tout allait bien elle montrerait peu à peu des signes de réveil, elle n'avait pas de graves blessures, son cerveau avait certes subi un choc important, il y avait des hématomes, un œdème, mais rien de trop alarmant.

En ce qui nous concerne, ma sœur et moi, ce n'est bien sûr pas un choc physique qui a fait disjoncter nos petites cervelles, mais quelque chose de très violent également ; un choc psychologique, ça fait des dégâts aussi, mais d'une autre manière.

Face au médecin qui venait de nous expliquer tranquillement cela, Papa a posé ses coudes sur ses genoux, il a pris sa tête entre les mains et, tout doucement, il a fait non, non, comme pour dire que c'était trop pour lui, que ce n'était pas juste, ce qui arrivait à tous ceux qu'il aimait, que ce n'était pas possible que l'avenir de notre petite famille soit soudain si incertain, alors qu'il était radieux il y a trois jours à peine.

Polina et moi, on s'est approchés de lui et on l'a embrassé, moi je lui ai dit « ça va aller », Polina n'a rien dit, parce qu'elle n'était plus trop sûre que ce monsieur soit son papa, mais en tout cas elle l'aimait bien, il avait l'air si soucieux et si gentil.

5.
MON IDÉE DE GÉNIE

On ne se rendait pas compte qu'on se fabriquait de beaux souvenirs, tout ce qu'on faisait, c'était s'amuser.

Généralement attribué à Alan Alexander Milne, *Winnie l'Ourson*

Ça fait cinq jours que l'accident a eu lieu.

Désormais, chaque après-midi, Polina et moi, on va chez Grand-Maman. Ainsi Papa peut rester auprès de Maman autant qu'il le souhaite, et il peut travailler un peu, il prépare ses cours pour la rentrée.

Grand-Maman aussi est toute secouée, c'est comme ça qu'elle s'excuse lorsqu'elle fait quelque chose d'un peu bizarre, comme mettre une grosse veste dans la maison alors qu'il fait terriblement chaud, ou donner trois fois de suite à manger à Panosse, son chat qui n'en croit pas ses yeux mais semble apprécier la situation, ou lorsqu'elle s'arrête de parler et regarde par la fenêtre.

Notre maman, c'est aussi sa fille, alors forcément…

Hier, elle nous a dit qu'elle donnerait tout au monde pour accélérer le temps, pour que Maman soit déjà réveillée.

« Et c'est paradoxal, a-t-elle ajouté, parce que d'habitude il passe bien trop vite à mon goût, d'habitude, le temps, je rêve de pouvoir le freiner ; mais là, je voudrais tellement… »

Elle n'a pas fini sa phrase. De toute façon, ce n'était pas nécessaire.

Chez elle, pendant les longs après-midi des vacances d'été, on a coutume de travailler un peu au jardin, ou on joue à des jeux de société, à l'ombre, sous les arbres, ou on prépare des tartes.

Des tartes aux abricots, aux prunes, aux pêches.

Le plus difficile, c'est d'attendre, de ne pas se précipiter sur la plaque dès la sortie du four. Pour plaisanter, pour faire danser l'air si lourd de la cuisine, je lui ai dit que moi aussi je voudrais que le temps passe plus vite, que la tarte soit déjà tiède.

Elle a souri, mais je crois que c'était juste pour me faire plaisir.

En ce qui concerne les jeux, ces jours-ci, c'est Polina et moi contre elle. Parce que toute seule, Polina ne saurait pas, ne saurait plus. Mais ce qu'on a remarqué, Grand-Maman et moi, et je l'ai dit ce matin au docteur (et ça a eu l'air de lui faire plaisir), c'est qu'une fois qu'on a fini un des jeux de la grande boîte qui en contient quatorze, Polina s'en souvient. Pas besoin de lui rappeler les règles la fois d'après, ce qu'elle réapprend reste bien en place dans sa mémoire.

C'est ce qui m'a donné l'idée.

Je n'arrivais pas à dormir, hier soir. Ça me travaillait trop, toute cette histoire. Et soudain, ça a été comme une évidence.

Puisque je me souviens de tout, et elle de rien, puisque j'ai un récipient entièrement plein à ma disposition et elle un récipient entièrement vide, eh bien, je vais transvaser.

Je vais la lui remplir, sa mémoire, à ma petite sœur ! (Je dis « petite », parce que je suis né trois minutes avant elle, donc je suis son aîné ; j'adore cette histoire de trois minutes, et si nos parents étaient roi et reine, ce serait encore plus chouette, bien que compliqué, car certaines théories prétendent que le jumeau qui naît en second a été conçu en premier et serait donc l'aîné, ce qui est bien sûr plus lourd de conséquences pour un futur roi que pour moi, mais j'espère tout de même que Polina ne va jamais lire de telles élucubrations et qu'elle continuera à penser que, de nous deux, c'est moi le plus vieux !)

Comment fonctionne la mémoire ?

Généralement, nos plus anciens souvenirs datent de nos trois ou quatre ans. Lorsque nous étions plus jeunes, nos neurones étaient certainement trop immatures et ne possédaient pas la gaine protectrice (appelée myéline) qui permet de transmettre à une vitesse folle les informations dans l'immense réseau de neurones qu'est notre cerveau. De plus, ce cerveau immature n'a pas encore la capacité de trier entre l'utile et l'accessoire dans tous les événements quotidiens, car il faut en effet un peu d'expérience pour faire cette distinction !

En outre, langage et mémoire sont liés : c'est parce que nous pouvons nous raconter et raconter aux autres des événements que ces événements deviennent des souvenirs.

Autrement dit, c'est en mettant en mots que nous construisons notre mémoire autobiographique.

Le professeur Démonet souligne l'importance des histoires que l'on raconte aux enfants : il faut bien sûr répondre à leur soif de nouveauté, d'aventure, d'apprentissages, de découvertes, mais il faut aussi (surtout ?) accéder à leur demande lorsqu'ils souhaitent entendre encore et toujours la même histoire, racontée de la même façon, dans les mêmes termes. Ils y trouvent le plaisir de se savoir en pays connu (et donc rassurant), mais aussi celui de pouvoir anticiper et de s'approprier le récit en le racontant eux-mêmes. « Ce processus lié à l'apprentissage et à l'appropriation est précieux pour la construction de l'univers mental de l'enfant. »

Vers huit ou neuf ans, grâce au vocabulaire étendu qu'ils possèdent alors, les enfants deviennent capables de véritablement raconter les moments vécus et donc de commencer à construire leur mémoire autobiographique.

Notre cerveau représente 2 % du poids de notre corps, mais il utilise à lui seul 20 % de la consommation énergétique totale du corps ! Autrement dit, pour faire fonctionner cette machine incroyable, qui ne cesse de calculer, de transmettre, d'interpréter, de nous mettre en contact avec les autres et avec le monde, il faut l'énergie d'un marathonien !

D'ailleurs, tout comme nos muscles, notre mémoire a besoin d'entraînement. En réalité, comme le dit le professeur Démonet, « plus on sait de choses et plus il est facile d'en apprendre de nouvelles ».

Qu'est-ce qui est bon pour notre mémoire ?

On peut par exemple la « muscler » en s'obligeant à retenir des numéros de téléphone, des adresses, des listes de commissions, des poèmes, des chansons ou même des recettes de cuisine ! À chaque fois qu'on sollicite ainsi nos neurones, de nouvelles connections se forment dans notre cerveau. Mais sortir, voir des amis, échanger avec d'autres personnes sont aussi des activités importantes, stimulantes.

Figurez-vous que même le sport, ou le jardinage, autrement dit toute activité physique est profitable, cela pour deux raisons. L'oxygénation qui en découle est favorable au fonctionnement cérébral, et le fait de bouger fait travailler l'hippocampe, une région du cerveau certes essentielle à la mémorisation à long terme mais surtout construite par l'évolution comme un instrument de navigation dans l'espace, c'est un peu notre GPS interne. Se souvenir où on a semé les carottes dans le jardin ou faire une course d'orientation, c'est stimuler l'hippocampe !

Je commencerai par le jour de nos quatre ans. La plupart des gens n'ont pas de souvenirs plus anciens. La plupart des gens n'ont que peu de souvenirs réels de leur très petite enfance. Moi, bien sûr, à présent c'est différent. Mais je n'ai pas la patience de tout raconter. Alors je vais sélectionner.

J'ai demandé à Polina ce qu'elle pensait de cette idée, elle était enthousiaste, elle avait besoin de ces souvenirs. Qui pourrait se passer de son enfance ?

Le soir-même, je lui envoyais un premier mail.

Je me suis dit que de mettre les choses par écrit lui permettrait de relire, si elle le souhaitait. Ce serait comme d'apprendre ses leçons !

Désormais, le soir, je lui écrirai et, le lendemain matin, au petit déjeuner, je l'interrogerai.

C'est décidé.

Et je serai intransigeant.

On a parlé de notre projet à Grand-Maman, qui nous a dit :

C'EST UNE LONGUE ENTREPRISE QUE VOUS AVEZ DÉBUTÉE LÀ.
OH OUI, MAIS C'EST TROP BIEN, J'AI L'IMPRESSION QUE MA VIE ÉTAIT UN VRAI ROMAN !
MAIS TU NE PEUX PAS TOUT RACONTER, LÉO, ÇA TE PRENDRAIT UN TEMPS FOU !
NON, AU DÉBUT JE VOULAIS, MAIS JE ME SOUVIENS DE BIEN TROP DE CHOSES... ALORS J'AI DÉCIDÉ DE FAIRE UNE SÉLECTION.
JE VAIS ÉCRIRE LES ÉVÉNEMENTS LES PLUS IMPORTANTS, CEUX QUI ONT VRAIMENT COMPTÉ POUR NOUS.

Notre grand-mère n'est pas si vieille, mais effectivement, elle écrit. Elle a publié quelques livres, pour les adultes, que nous n'avons pas encore lus, mais je crois que je vais bientôt le faire. Même si, selon Papa, c'est un peu trop compliqué pour nous. En même temps, quelqu'un qui fait d'aussi bonnes tartes aux pêches doit forcément faire de bons livres. Je suis persuadé qu'il y a un lien.

En plus des livres, elle écrit des horoscopes pour un journal, mais elle n'aime pas trop en parler. Elle dit qu'il faut bien vivre. Et quitte à inventer… Je ne crois pas que Grand-Maman ait une formation en astrologie. Mais elle a de l'imagination, ça c'est sûr.

Elle nous a avoué, un jour, que grâce à ses horoscopes, elle a donné un petit coup de pouce au destin en ce qui concerne Papa et Maman. Quand elle a su que Maman commençait à fréquenter un jeune assistant de philosophie aux beaux yeux noirs derrière ses lunettes vertes, et que le garçon en question était timide et peu démonstratif, elle s'est arrangée pour connaître sa date d'anniversaire et elle a prédit un mois de juin déterminant sur le plan sentimental pour les Taureau (Maman) et les Scorpion (Papa). Elle a écrit qu'ils feraient une rencontre qui bouleverserait leur existence, et pour mieux les cibler, elle a fait une allusion à leurs passions respectives, ça parlait d'une caverne, au cœur d'une montagne, et d'ombres chinoises qui seraient projetées au fond de la grotte, un truc connu en philosophie, je n'ai pas tout compris, mais en tout cas ça a marché, Maman a mis le journal sous le nez de Papa à la cafétéria de l'université et le week-end suivant, ils s'embrassaient au pied de la Pierre Avoi.

Comme quoi, les horoscopes peuvent être très utiles.

— Oui, bien sûr ! ai-je répondu à Grand-Maman, au sujet du conseil qu'elle voulait me donner.

— Alors voilà : ne choisis pas les choses les plus importantes. Choisis les choses minuscules, les petits événements de rien du tout. Choisis ce qui ne compte pas plus que ça, ce qui te semble dérisoire. C'est ce qui nous construit. Ce qui nous constitue. C'est notre merveilleux quotidien, banal et sans remous. On ne vit pas tous les jours de grandes aventures, mais crois-moi, se réveiller le matin, sentir l'odeur du café dans la tasse (pour moi, peut-être pas pour vous !), enfiler un vieux pull doux, pelucheux à force d'être lavé et relavé, ouvrir les fenêtres, poser sa main sur le dos du chat qui s'arrondit et s'enfuit, ces choses-là, ça remplit. Ça remplit bien, même. Tu vois ce que je veux dire ?

— D'accord. Oui, je comprends. D'ailleurs, je crois que c'est un peu ce que je fais déjà, parce que quand on a quatre ans, les grandes aventures, c'est très relatif…

De : Léo
Objet : le tout début
Date : 17 juillet 2020 21:35
À : Polina

Le 26 mars 2012

Salut, petite sœur, alors voilà le début du merveilleux roman de notre vie. Je te propose de commencer le jour de nos quatre ans.

C'était un mercredi. On s'est réveillés avec le nez bouché, la gorge en feu. On pleurait tous les deux. Maman est venue dans la chambre, elle avait une chemise de nuit bleue parsemée d'étoiles blanches, elle a touché mon front, puis le tien, elle a murmuré quelque chose, t'a déposée dans mon lit, puis est allée chercher le thermomètre. Elle ne le trouvait pas, elle a crié à Papa de se dépêcher de sortir de la douche, elle a ajouté : « Les pauvres, ça doit leur faire mal à la gorge de pleurer ainsi.»

Je me souviens qu'il avait sa chemise un peu mouillée, encore, quand il nous a soulevés du lit. Toi et moi ensemble. Un dans chaque bras. Il n'y a que lui qui faisait ça avec nous. Il sentait bon. Et sa voix résonnait dans nos têtes appuyées sur ses épaules. Tu as arrêté de pleurer, moi aussi.

C'était le jour de notre anniversaire. Nous avions quatre ans et nous étions malades.

Le soir, au lieu d'une grande fête avec toute la famille, on a fait une petite fête, entre nous. Il y avait deux gâteaux au chocolat. On a soufflé nos bougies, on a mangé trois bouchées de gâteau et on est retournés se coucher sur le canapé du salon, ma tête sur le coussin de l'accoudoir de droite et ta tête sur celui de gauche.

À présent, nos pieds se touchaient, c'est normal, ai-je pensé, puisque nous avions quatre ans. Nous étions grands. Fiévreux, mais grands.

De : Léo
Objet : le tout début
Date : 18 juillet 2020 18:11
À : Polina

Le 30 mars 2012

Premier jour sans fièvre, Maman nous emballe comme des petites momies, vestes, bonnets, écharpes, il y a dehors un grand soleil mais elle dit qu'il est froid, on se regarde, comment un soleil peut-il être froid ? L'essentiel, c'est de sortir, d'aller à la place de jeux qu'on aime tant, alors si pour cela il faut admettre que le soleil est froid, que le poisson est bon et que la douche est le meilleur moment de la journée, on est d'accord ! On se donne la main et dès qu'on voit le portail vert on court, on voudrait qu'il n'y ait personne d'autre que nous, que ce soit notre royaume, on dirait que tu serais le Prince et moi la Princesse, tu te souviens ? C'est ce que tu me chuchotais, lorsqu'on était en haut de la tour de bois et qu'on s'apprêtait à traverser la passerelle brinquebalante de planches et de chaînes, c'était notre pont-levis et dessous des dizaines de crocodiles ouvraient des gueules menaçantes. Maman lisait tout en nous surveillant, ou peut-être qu'elle nous surveillait tout en lisant, elle avait choisi le banc qui est en plein soleil, en été elle choisissait l'autre, celui qui est sous les arbres, il ne devait pas être si froid que ça, le soleil, ai-je pensé en la voyant fermer les yeux et lever vers lui son visage où, même du haut d'une tour fréquentée par deux ogres, trois squelettes, quatre sorcières, cinq fantômes, six momies, tu te souviens du livre ?, même de là-haut, on voyait poindre un sourire.

De : Léo
Objet : un 1er avril
Date : 19 juillet 2020 20:05
À : Polina

Le 1er avril 2012

On a préparé des farces géniales ! Le pyjama de Papa, c'était ton idée, tu avais vu ça dans un dessin animé chez ta copine Anaïs : tu as voulu que Maman couse le bas du pantalon, et aussi une manche, elle a dit « d'accord, mais juste quelques points en faufil », tu as répondu que tu voulais du vrai fil, et Maman nous a expliqué que le faufil était du vrai fil, en plus épais même, et il avait l'avantage de se découdre facilement, alors on a été d'accord pour le vrai faufil.

Moi j'ai mis de la moutarde sur la poignée de la porte d'entrée (je voulais mettre du chocolat fondu, mais après je me suis dit que c'était dommage, parce que j'aime vraiment beaucoup le chocolat, en revanche, la moutarde…).

Et Maman, elle a eu l'idée du faux œuf dur, enfin, de l'œuf pas cuit du tout posé sur l'assiette de papa, tandis que sur nos assiettes à nous l'œuf était cuit. Qu'est-ce qu'on a rigolé ! Même qu'on a commencé à rire avant qu'il ne casse son œuf, il a regardé Maman et elle lui a fait un sourire tout à fait rassurant.

Et après, elle a fait une omelette.

On avait aussi remplacé le tube de dentifrice par un tube de Cenovis, mais il a remarqué. Tant mieux, as-tu dit, ça aurait été dommage, tout de même.

Puis on a attendu le moment où il est allé mettre son pyjama, on a collé nos oreilles à la porte de la salle de bains, il devait se méfier de quelque chose, mais il a bien joué le jeu des exclamations et des jurons.

6.
LA MAISON DES SOUVENIRS

Une chambre d'enfant à ranger, c'est une vie à construire.

Daniel Pennac

C'est trop injuste.

Les médecins ont proposé à Polina de participer à une étude. Une étude sur la récupération de la mémoire.

Jusque-là pas de problème, j'étais content pour elle. J'ai même eu un peu peur qu'on lui plante des aiguilles dans le crâne ou qu'elle doive se promener en ville avec un casque de martien.

Mais ce n'est pas du tout ça, et c'est là que ça devient carrément injuste.

Mademoiselle va tester une nouvelle thérapie à base de… jeux vidéo ! Non mais j'hallucine ! J'ai tout de suite demandé s'ils n'avaient pas l'équivalent pour moi, pour mon petit cas si rare et si passionnant, j'étais prêt à payer de ma personne, à me dévouer pour la science, j'étais prêt à faire le cobaye aussi longtemps qu'il le faudrait, mais non, il semblerait que l'hypermnésie ne soit pas juste le contraire de l'amnésie, qu'à priori il n'existe pas de traitement connu pour cette maladie, généralement le temps calme les symptômes, les souvenirs peu à peu reprennent leur juste place, surtout lorsque le problème, comme pour moi, est apparu à la suite d'un choc psychologique.

C'est vraiment trop injuste.

Moi, je me tourne les pouces et j'attends que le temps passe, en espérant qu'il arrangera les choses, pendant qu'elle… elle s'éclate.

Et, cerise sur un gâteau déjà bien écœurant, ce n'est pas un simple jeu vidéo avec un joystick plus ou moins primitif qui sera son aspirine, mais un jeu de réalité virtuelle, avec casque et tout et tout ! Et elle devra, oui, je dis bien elle devra y jouer tous les jours !

Si j'avais pu choisir, je vous jure…

Mais bon, je me calme, parce que si j'avais pu choisir, j'aurais fait en sorte que rien de tout cela ne nous soit arrivé, et surtout que notre petite maman ne soit jamais dans l'état dans lequel elle est aujourd'hui.

Les médecins m'ont tout de même félicité pour mon idée, lorsque je leur ai raconté les mails, chaque soir, les souvenirs par perfusion informatique, ils ont dit que j'allais participer grandement à la guérison de ma sœur, et que le jeu complèterait parfaitement ça, puisqu'il allait d'une part cimenter ses acquis, je répète ce qu'ils ont dit, et avec un peu de chance également permettre d'accéder à des souvenirs cachés.

Bon, entre-temps j'ai eu le droit de tester le fameux jeu, ce n'est pas le truc le plus délirant que j'aie vu. En gros, elle va se balader dans une maison et faire du rangement – ça lui fera le plus grand bien, ça va même lui ouvrir des horizons insoupçonnés, parce qu'on ne peut pas dire que l'ordre soit son point fort, à ma petite sœur !

Par exemple, on va lui faire lire plusieurs fois le livret 4, ou 5, ou 12, et elle devra aller le ranger quelque part dans la maison, à un endroit où elle sera certaine de le retrouver. Et ce sera pareil pour d'autres apprentissages scolaires. Et pareil encore pour les souvenirs que je lui transmets moi aussi.

Et, le plus étrange, c'est que ce sera la même démarche en ce qui nous concerne nous, sa famille : elle va devoir réapprendre à nous connaître, à nous reconnaître, et peut-être à nous aimer.

J'espère qu'elle ira ranger cet amour dans le tiroir du meuble le plus précieux de sa maison virtuelle.

Pourvu qu'elle ne se trompe pas de place, pourvu qu'elle ne nous relègue pas à la cave…

Les maladies de la mémoire

L'être humain n'aime pas oublier. Cela l'inquiète, il craint un problème de santé.

Mais oublier peut être un bienfait, une nécessité ! Pour bien fonctionner, notre mémoire trie et hiérarchise les événements : nous nous souvenons des choses importantes et oublions volontiers les épisodes anecdotiques. Plus nous prenons de l'âge, et plus nous emmagasinons d'éléments, et plus il peut être difficile de retrouver précisément tel titre de film, tel nom d'acteur, parmi la masse de données enregistrées. Et si l'on est fatigué, stressé, surchargé de travail, cela nuit aussi à nos performances mentales. Tout cela est absolument normal.

Il existe cependant des cas où le fonctionnement de la mémoire est réellement problématique. En voici trois exemples :

L'amnésie (ce dont souffre Polina et qui est donc une perte de la mémoire) est un phénomène bien connu des neurologues. On parle le plus souvent d'amnésie antérograde, c'est-à-dire des difficultés à fixer de nouvelles informations (c'est le cas dans la maladie d'Alzheimer et d'autres pathologies graves du cerveau). Mais il peut s'agir aussi d'amnésie rétrograde, car à la suite d'un fort choc émotionnel, quelqu'un peut oublier soudainement son passé, ou une partie de son passé, alors qu'il ou elle réussit à se créer de nouveaux souvenirs. C'est comme si le cerveau avait posé un sparadrap sous lequel était caché ce qui a été si douloureux à vivre.

Généralement, avec le temps et avec une bonne aide psychologique, les choses s'arrangent peu à peu, la mémoire revient.

Ce genre de phénomène très spectaculaire a inspiré les cinéastes, les écrivains : un homme ou une femme qui erre dans une ville et ne sait plus comment il ou elle s'appelle, qui ne sait rien de sa propre vie, voilà un point de départ palpitant pour un film ou un livre !

L'hypermnésie dont souffre Léo est un phénomène beaucoup plus rare, et qui concerne généralement une petite partie de la vie de celui qui l'expérimente. Elle survient elle aussi suite à un traumatisme, et c'est précisément cet événement particulier qui va être revécu dans tous ses détails, avec une netteté terrible et éprouvante.
Certaines formes d'autisme vont de pair avec l'hypermnésie, lorsque par exemple une personne montre un intérêt obsessionnel pour des dates, des numéros de téléphone, des plaques de voitures, et parvient à mémoriser des séries de chiffres prodigieuses !

Une autre affection de la mémoire, dont on parle beaucoup et qui concerne surtout (mais pas uniquement) les personnes âgées, est la maladie d'Alzheimer. Elle est causée par une destruction des cellules nerveuses dans les zones du cerveau responsables du langage et de la mémoire.
La personne qui en est atteinte peut, avec les années, avoir de la peine à reconnaître les objets, mais aussi les gens, avoir des difficultés à se repérer et à trouver ses mots. C'est la mémoire à long terme, d'abord antérograde, puis rétrograde, qui est ici touchée. Et si on en parle autant, c'est aussi parce que nous vivons plus longtemps et sommes donc plus qu'auparavant susceptibles d'y être confrontés.

7. COMME UNE COURSE CYCLISTE

– Je me rappelle parfaitement, dit-il ; mais Winnie ne se rappelle pas très bien, et c'est pour ça qu'il aime qu'on lui raconte l'histoire encore une fois. Parce que, alors, c'est une vraie histoire, et pas seulement quelque chose qu'on se rappelle.

Alan Alexander Milne, *Winnie l'Ourson*

J'ai dit : « j'aimerais tellement pouvoir changer le cours du temps. Comme dans les films. »

On était tous les trois sur le canapé de Grand-Maman, c'était un après-midi d'été pluvieux, un après-midi de vacances tristounet, et on regardait la télévision, un documentaire sur les marmottes, rien à voir avec un voyage dans le temps, mais c'est peut-être tous ces paysages de montagne qui ont fait revenir mes pensées vers Maman.

Nous allons la voir chaque jour. Normalement, les visites ne sont pas autorisées le matin, mais comme Polina a ses séances de jeu à 10h dans un laboratoire de l'hôpital, on nous laisse aller voir Maman à 11h.

Elle dort.

Elle a bien entendu des perfusions, des machines et des capteurs qui la surveillent jour et nuit, et il lui reste quelques bleus au visage et une jambe dans le plâtre, mais sinon, elle a l'air bien.

C'est si étrange. Elle dort.

Les médecins ont dit qu'on pouvait lui parler, on ne sait pas avec certitude si elle entend, mais il y a des chances que ce soit le cas.

Au début on n'osait pas, puis on s'est rendu compte, Polina et moi, qu'on lui parlerait plus volontiers si on était seul avec elle. Alors on s'assied à tour de rôle sur la chaise à côté de son lit. On lui touche la main, le bras, parfois la joue, mais toucher la joue, je ne sais pas comment dire, c'est le geste d'un adulte pour un enfant, pas celui d'un enfant pour un adulte.

Moi, quand je suis auprès d'elle, je lui raconte l'après-midi de la veille, puis la soirée ; je lui ai expliqué la drôle d'aventure qui m'arrivait, avec ma mémoire, je lui ai aussi dit que Polina, c'était un peu le contraire, je ne voulais pas l'inquiéter (pour le cas où elle m'entendrait), mais je ne voulais pas non plus que ma sœur lui dise des choses trop étranges qui l'alarmeraient dans son sommeil (pour le cas où elle l'entendrait).

Je ne sais pas ce que Polina lui raconte ; la première fois qu'on est entrés, avec Papa, dans cette pièce blanche, on a dû lui expliquer que cette dame, couchée là, c'était sa maman, qu'elle avait fait une mauvaise chute mais qu'elle guérirait, bien sûr qu'elle guérirait, même s'il lui fallait du temps, beaucoup de temps.

« Le temps guérit tout », dit Grand-Maman.

Mais parfois, elle ajoute « presque tout ».

À présent, Polina se souvient de nous.

Elle a réappris à nous aimer. Ça a été très rapide.

Elle nous a rangés dans le bon tiroir du bon meuble de sa fausse maison.

On était donc au beau milieu de ce documentaire sur les marmottes, quand j'ai dit à Grand-Maman que je voudrais pouvoir remonter le temps, comme dans les films de science-fiction.

Entrer dans une machine bizarre, qui se mettrait à faire plein de bruits encore plus bizarres, à dégager des nuages de fumée blanche ou verte ou rose, une machine qui commencerait à vibrer et à se secouer dans tous les sens avant de s'arrêter, de lâcher un dernier soupir et hop, lorsque j'en sortirais, si tout allait bien (généralement, dans les films, tout ne va pas bien, mais dans mon

scénario tout irait bien), je me retrouverais au matin de notre départ à la montagne et je me débrouillerais pour stopper les choses, ou pour les accélérer, pour faire que quelques secondes seulement nous séparent de la chute de la roche, parce que apparemment c'est une roche qui s'est détachée d'un sommet qui a fait tomber Maman, des gens ont vu un éboulis, de loin, ils ont hurlé, gesticulé, mais nous on n'a entendu que le doux cri du choucas ; parfois la montagne est imprévisible, elle qui sait si bien amplifier ou multiplier les sons, elle sait aussi les garder jalousement pour elle, juste une poignée de secondes de plus, ou de moins, et on voyait le rocher tomber à quelques pas de nous et on se serrait fort tous les trois en murmurant qu'on a eu de la chance, une chance folle, quelques secondes de plus ou de moins et on s'embrassait, et on pleurait peut-être un peu, mais ceux-là au moins, ça aurait été des pleurs de joie, ou de peur, ou de soulagement.

— Comme je te comprends, Léo, répond Grand-Maman. Mais si ça te fait du bien, il y a une chose que tu peux tenter, qui est à ta portée, sans machine à remonter le temps : écrire.

— Mais j'écris, je te l'ai dit, pour Polina.

— Oui, et c'est merveilleux, tu as mille fois raison. Ce que je veux dire, c'est que là, tu t'attaches à la vérité ; ton but est de reconstruire son passé tel qu'il est, tel qu'il était réellement. Mais quand la vie nous oblige à traverser des moments difficiles, on peut aussi écrire pour autre chose, pour alléger, pour réparer, pour raccommoder, pour consoler, je vais vous raconter une belle histoire qui vous expliquera ça. Arrête un moment la télévision.

J'ai mis le documentaire sur pause, l'écran s'est figé sur l'image d'une marmotte dressée sur ses pattes arrières, sa petite oreille gauche tournée vers nous, comme en attente, elle aussi, de l'histoire, et Grand-Maman a commencé :

« Je connais un homme qui est devenu écrivain pour faire gagner son coureur cycliste préféré. Enfant, il était fou de vélo, il suivait le Tour de France, le Tour de Suisse, le Paris-Roubaix, le Paris-Nice, le Critérium international, il écoutait les courses à la radio, les regardait à la télévision, il découpait les articles de journaux ; il y avait un coureur, en particulier, qu'il admirait parce qu'il était brave, tenace, et aussi parce qu'il venait d'un petit village à côté de chez lui, en Savoie, mais ce jeune homme ne gagnait jamais ; il lui était arrivé quelques fois de finir troisième, mais la plupart du temps il ne figurait pas sur le podium, alors l'enfant a décidé de raconter les événements comme il souhaitait qu'ils se passent ;

vous voyez, au fond, il a décidé d'écrire pour faire gagner son coureur préféré. Il ne pouvait pas changer le cours du temps, mais il pouvait dire les choses à sa façon. Et par la suite, il est devenu écrivain, et il raconte à la radio cette anecdote du coureur cycliste, parce que c'est une belle histoire, vous ne trouvez pas ?

Tu pourrais faire ça, Léo, vous pourriez inventer, vous aussi. Vous ne pouvez pas changer le cours du temps, vous ne pouvez pas empêcher l'accident, mais vous pouvez raconter cette journée à la montagne en changeant la fin, en décidant vous-même d'une autre fin.

Vous savez, c'est ce que je fais, chaque jour.

Je n'ai pas de machine à remonter le temps, mais j'ai mon carnet, mon stylo, j'ai mon clavier, mon ordinateur.

Imaginez un peu : si je tape « en ce jour de mai 1879 », voilà, c'est enclenché, pas besoin de fumée verte ou d'étincelles, ni de bruits ou de secousses, je me projette à cette époque, je projette mon lecteur à cette époque, la page se remplit de redingotes et de robes à crinolines, les femmes ont des coiffures tressées de rubans sous leurs ombrelles, les hommes des chapeaux haut-de-forme et une canne à la main, les rues des villes sentent encore les égouts et les voitures ont d'immenses roues sans pneus qui filent à la vitesse folle de 30 kilomètres-heure.

Vous comprenez ce que je veux dire ? Ce pouvoir qu'a l'écriture ?

Vous pourriez à votre tour changer l'issue de la course, faire gagner votre cycliste préféré. Léo, tu pourrais aider Polina, si pour elle c'est encore difficile.

De toute façon, ça fait du bien d'écrire, ça permet de rêver le monde, et de le bousculer, aussi. »

De : Léo
Objet : vacances à la mer
Date : 20 juillet 2020 22:38
À : Polina

Le 8 avril 2012

C'étaient les vacances de Pâques. On partait en Italie, une petite ville au bord de la mer, à une cinquantaine de kilomètres de Gênes. On a mis les bagages dans la voiture, toi et moi on avait chacun un sac à dos, le tien avait une tête d'ours en guise de rabat et de fermeture, le mien une tête de singe. On a gardé les sacs derrière, près de nous. Maman y avait mis des biscuits, des quartiers de pomme, un petit livre chacun, toi tu avais *Monsieur Chatouille* et moi *Madame Double*, sans oublier ton doudou, Mimi, et le mien, Tomi. Il faudrait qu'on les retrouve, je suis sûr que si je te mets ton Mimi dans les bras, tu seras tellement heureuse que tout reviendra. Il faudra que je monte au grenier. Ou que je descende à la cave. Si seulement j'avais rangé moi-même les doudous, je serais sûr et certain de me souvenir de leur cachette !

Donc on est partis, Maman a mis des chansons italiennes, elle avait fait une playlist spécial vacances et des voix toutes plus écorchées les unes que les autres envahissaient l'habitacle, au début Papa fronçait les sourcils, je le voyais dans le rétroviseur, mais Maman souriait tellement que peu à peu il s'est lui aussi mis à bouger la tête et à fredonner ; nous, on voulait entendre des choses qu'on connaissait déjà, on a rouspété de plus en plus fort, si bien qu'elle a craqué au niveau de Martigny et on a pris la route en direction du tunnel du Grand Saint-Bernard avec Henri Dès à fond les haut-parleurs.

Toi et moi, on chantait à tue-tête lorsqu'on a passé la frontière, et on ne s'est arrêtés que devant nos chocolats chauds et nos croissants collants de sucre glace, dans le premier village italien qu'on a trouvé en redescendant de l'autre côté de la montagne.

De : Léo
Objet : vacances à la mer
Date : 21 juillet 2020 23:02
À : Polina

Le 9 avril 2012

Il faisait trop froid pour se baigner, mais pas pour jouer ! Papa et Maman s'étaient assis sur de vieux transats, ils discutaient pendant que nous on remplissait des seaux de sable et de cailloux, on courait les déverser dans la mer, et on rapportait de l'eau qu'on versait dans le sable, puis on reprenait nos pelles pour remplir à nouveau les seaux qu'on offrirait ensuite aux vagues. C'était un travail sans fin, mais ça ne nous posait pas de problème. Je me souviens d'avoir entendu Papa dire à Maman « Il faut imaginer Sisyphe heureux » et ajouter qu'en nous voyant, ce n'était pas du tout difficile à imaginer.

Comme cette phrase m'est revenue en te décrivant cette journée d'avril à la mer, je viens de descendre pour demander à Papa qui était Sisyphe, et pourquoi il fallait l'imaginer heureux.

Voilà sa réponse : c'est un personnage de la mythologie grecque. Parce qu'il avait osé s'opposer aux dieux, et en particulier à Zeus et au dieu de la mort, Thanatos, il a été condamné à passer le reste de sa vie à pousser un gros et lourd rocher jusqu'au sommet d'une colline, mais au moment où il croit y être enfin arrivé, le rocher roule à nouveau en bas et Sisyphe doit tout recommencer. Éternellement.

Je crois que Papa voulait dire par là que même si notre tâche était infinie, vider la mer, et transporter le sable de la plage entière dans l'eau, ça ne nous posait pas de problème ; même si ça pouvait sembler absurde, dépourvu de sens, même si on n'avait aucune chance de réussir, on était contents de le faire ; rien, ce jour-là, n'aurait pu nous décourager.

Papa s'est extirpé du transat et tout en s'étirant, il a dit à Maman qu'il fallait absolument qu'il pense à enseigner Camus à ses élèves à la rentrée de septembre.

Il l'a embrassée en lui affirmant « au fond, toi et moi, c'est Sisyphe et son rocher qui nous relient ».

Lorsqu'on a quitté la plage, on a acheté des glaces, chocolat stracciatella pour Maman, noisette panna cotta pour Papa, toi tu as choisi chocolat et fraise, et moi noisette stracciatella.

Mince. Ça ne s'arrange pas, ma mémoire. Je revois même les taches, surtout le rose et le brun sur ton T-shirt jaune.

De : Léo
Objet : des spaghetti en plein soleil
Date : 22 juillet 2020 19:15
À : Polina

Le 10 avril 2012

Un grand soleil illuminait la chambre quand on s'est réveillés. On se regardait, on se souriait, on était comme éblouis d'avoir dormi si tard. On est descendus prendre le petit déjeuner ; sur un buffet recouvert d'une nappe jaune, il y avait des croissants tout mous fourrés à la confiture, des gâteaux à la vanille et au chocolat, mais qui avaient surtout le goût de levure, d'après Maman, des petits pains pas assez salés, un peu de jambon et de salami, des tranches de fromage fade.

Mais c'était bon quand même, parce que c'étaient les vacances.

Et Papa et Maman ont dit que l'avantage de ne pas trop manger, c'est que ça nous permettrait de nous offrir une délicieuse assiette de pâtes à la tomate, en plein soleil, à midi.

Ils avaient prévu une excursion, relier deux villages en passant par un chemin à pic sur la mer, un passage creusé dans la roche et sécurisé par une barrière, ce serait très beau et ça ne grimperait pas beaucoup, c'était une promenade faite pour les familles.

C’est fou, en écrivant je me rends compte que, dès qu’on a su marcher, Maman s’arrangeait pour nous emmener dans des endroits où elle verrait des falaises, des parois rocheuses, des cailloux. Des endroits où elle aurait quelque chose à se mettre sous la dent, pendant ses vacances.

8.
IL ÉTAIT UNE FOIS...

D'un à l'autre mot
tu es plus vieux.

Philippe Jaccottet

Papa l'appelle sa Belle au bois dormant.

S'il devait écrire, lui aussi, ce serait un conte de fées.

S'il devait écrire, il commencerait son histoire par «Il était une fois», et il la terminerait par «Comme il était déjà marié et avait déjà des enfants, d'adorables jumeaux répondant aux doux noms de Polina et Léo, une fois sa princesse sortie de son lourd sommeil, il n'eut plus rien d'autre à souhaiter.»

Mais on n'en est pas là.

On en est encore au début de l'histoire, et j'espère qu'elle ne va pas durer cent ans.

Papa aussi lui raconte plein de choses, parfois il prend un livre avec lui et lit à voix haute, je lui ai demandé quel livre c'était, il m'a dit «un roman policier qui se passe à Naples»; je pense qu'il s'arrête toujours au moment crucial où l'assassin risque de frapper à nouveau, où l'enquêteur va faire une découverte qui va tout changer, où des aveux semblent imminents.

Il veut qu'elle attende avec impatience la suite de l'histoire.

Qu'elle l'attende avec impatience.

Ou mieux encore, qu'elle demande soudain : « Et après ? »

Je voudrais tant qu'un de ses baisers la réveille.

Mais ça, ça ne marche que dans les livres.

Et puis, dans cette histoire-là, il n'y a que Maman qui dort. Dans le vrai conte, une fée avait plongé dans le sommeil le château entier, hommes et animaux avaient sombré en même temps que leur princesse, pour pouvoir être à ses côtés cent ans après, au moment de son réveil, mais ici, à l'hôpital, tout le monde court et parle, et téléphone, et regarde des écrans, commente des images, règle des machines, démêle des tuyaux, ici tout le monde s'agite et seule Maman dort.

Elle est dans son silence, une forêt de ronces l'entoure et la sépare de nous, même quand on lui prend la main.

Et puis, dans cette histoire-là, on ne sait pas si la princesse sourira à son prince quand elle se réveillera. On ne sait pas si elle se souviendra de lui. Si elle saura parler, rire, manger, danser.

Dans cette histoire-là, on aurait bien besoin d'une lampe merveilleuse et d'un génie prêt à exaucer tous les vœux des héros malheureux.

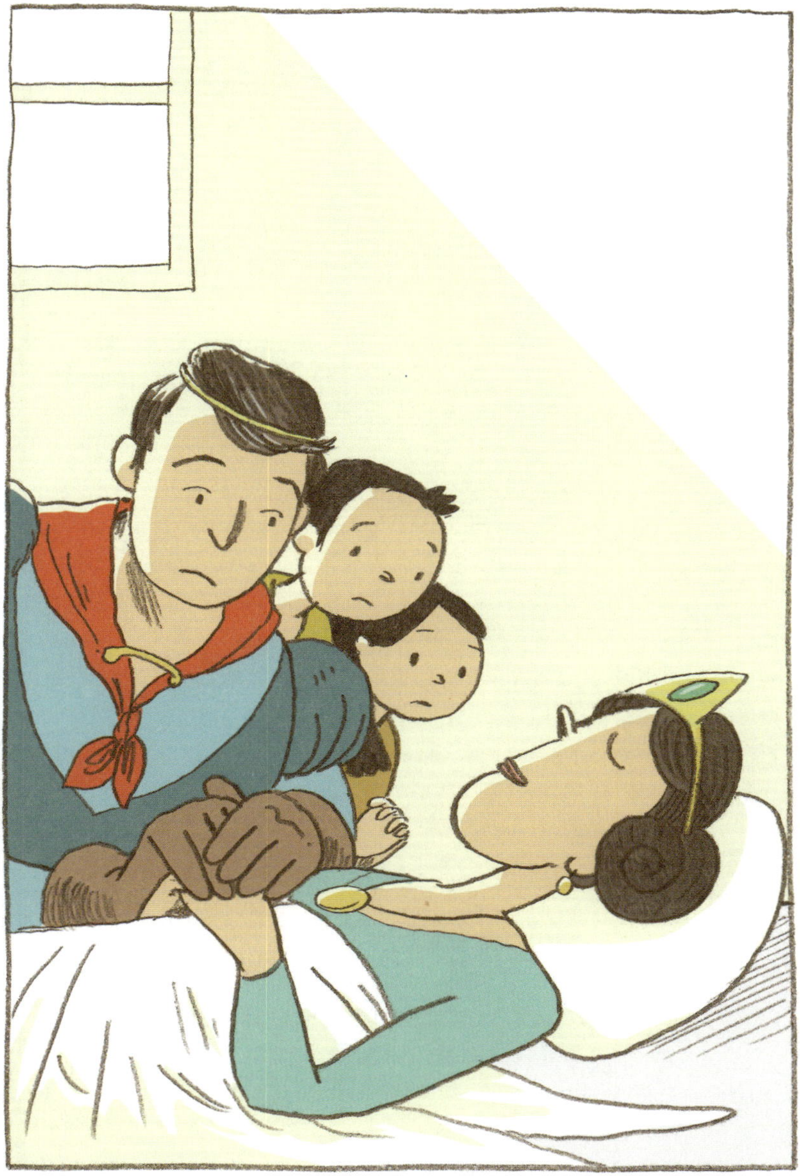

Les contes et leurs différentes versions à travers les pays et les époques

Pour mieux comprendre le temps présent, nous recourons souvent à ces histoires fabuleuses d'un vague temps passé qui commencent par « Il était une fois… ».

Léo pense ici à un conte bien connu pour dire ses craintes liées au coma de celle que son papa appelle « sa Belle au bois dormant ». « Je voudrais tant qu'un de ses baisers la réveille », écrit-il.

En tant que professeure de littératures comparées, je me suis intéressée de près à cette question : pourquoi avons-nous besoin de ces vieilles histoires invraisemblables appelées mythes et contes ? D'où viennent ces histoires et qu'en faisons-nous ? Pour y répondre, j'ai analysé et comparé de nombreux récits écrits en grec, latin, italien, espagnol, allemand, danois, anglais et en d'autres langues encore, qui les « reconfigurent » en se répondant les uns aux autres. Leurs auteurs les réécrivent en les adaptant à leurs époques respectives et aux problèmes auxquels ces histoires font écho. Ils inventent ainsi, par différenciation, de nouvelles histoires, à la fois semblables et significativement différentes des vieilles histoires connues.

Notre jeune narrateur procède, lui aussi, par différenciation. Dans son histoire, « il n'y a que Maman qui dort », tandis que dans le « vrai conte, une fée avait plongé dans le sommeil le château entier […] ». Cet épisode dont Léo se souvient si bien, résulte d'une modification importante que les frères Grimm avaient apportée à *La Belle au bois dormant* composée par Charles Perrault en 1695, dont ils tirent en 1812 *Dornröschen* (*Petite rose d'épine*). Dans le récit français, la fée avait touché « de sa baguette tout ce qui était dans ce Château (hors le Roi et la Reine) ». La princesse s'y retrouve seule face au prince inconnu dont elle ignore qu'il est aussi le fils d'une ogresse. En « confiant » sa femme et ses enfants à l'ogresse quand il part à la guerre, le prince met leur vie en danger. Ils ne s'en sortent que par la ruse du cuisinier apitoyé.

Une fin heureuse

Les frères Grimm suppriment cette sombre suite du conte de Perrault pour que leur histoire réinventée s'achève sur l'heureuse reconstitution de la petite famille, dont les membres émergent ensemble du sommeil de cent ans.

Si Léo se souvient si bien de la fée des frères Grimm qui endort toute la famille en leur évitant de souffrir de la séparation, c'est parce qu'il aurait préféré que cela se passe ainsi dans sa propre histoire !

Or, ce n'est pas le cas, il n'y a dans son histoire ni fée ni génie qui lui tend une lampe merveilleuse comme il l'aurait souhaité en pensant au conte d'*Aladin* : « ça ne marche que dans les livres », conclut-il. « On doit faire quelque chose pour Maman. On ne peut pas juste attendre », dira Polina plus tard.

Ils vont alors s'activer pour trouver un moyen de sortir leur mère du coma en réinventant ainsi à leur tour le conte de *La Belle au bois dormant*, comme vous le montrera la suite de cette histoire !

Ute Heidmann

De : Léo
Objet : les deux mers
Date : 23 juillet 2020 19:58
À : Polina

Le 10 avril 2016

On est retournés dans ce même hôtel quatre ans après, exactement aux mêmes dates. On avait huit ans. On ne nous a pas donné la chambre 24, comme la première fois où on avait dormi toi et moi sur un canapé qu'on ouvrait le soir et fermait le matin, mais la chambre 37, qui était plus grande, il y avait un lit double pour les parents et, juste en entrant, deux lits superposés pour nous. Et un balcon qui donnait sur la mer.

Le petit déjeuner n'avait pas changé, je ne sais pas si on l'a remarqué alors, mais aujourd'hui je m'en rends compte, la même nourriture se trouvait aux mêmes endroits, la seule différence, c'était qu'il y avait aussi des œufs durs et des petites tomates et que la nappe était bleue.

C'est fou. Je revois tout avec une précision parfaite ! Il faudrait pouvoir faire des images de ce que mon cerveau reconstitue et te les transférer, petite sœur, ça t'aiderait, j'en suis sûr. Mais on n'en est pas encore capable.

Cette année-là, Papa et Maman sont tombés amoureux d'un bar, de ça tu vas peut-être te souvenir puisqu'on y est allés tous les jours, et souvent deux fois par jour, le matin pour un café et le soir pour l'apéritif, même que parfois on levait un peu les yeux au ciel, toi et moi. Ils n'arrêtaient pas de s'émerveiller: «Tu te rends compte? On laisse la mer dans notre dos en entrant, on traverse le bar et qu'est-ce qu'on voit juste là, devant nous?»

Ce qu'on voyait, c'était la mer. De nouveau. C'est sûrement pour ça que l'endroit s'appelait «Ai due mari».

Du côté de la seconde mer, il y avait des chaises rouges, on pouvait les bouger en fonction du soleil et de l'ombre, de ce qu'on préférait. Et il n'y avait pas de table, on posait les verres sur le muret qui séparait le chemin de la plage.

Tu t'en souviens? Un peu?

De: Léo
Objet: le dentiste...
Date: 24 juillet 2020 20:02
À: Polina

Le 25 mai 2014

Je continue de sauter non pas du coq à l'âne, mais de mois en années. Tant pis pour la chronologie. Tout à l'heure, je me suis dit que le Sisyphe dont parlait Papa, c'était moi. Comment réussir à raconter toute une vie? C'est voué à l'échec, et comme je compte bien que tu guérisses rapidement, je saute, je sélectionne.

J'ai envie de te raconter le jour où on a fait l'école buissonnière, on avait six ans à peine, on était dans la même classe et cet après-midi-là, il y avait une visite chez le dentiste prévue pour tous les enfants.

On était sortis en rang par deux, d'habitude on ne voulait pas se tenir la main, toi tu préférais être avec ta copine Nadia et moi avec Mike, mais comme on avait manigancé un plan, il fallait qu'on soit ensemble. On avait laissé nos camarades prendre les premières places devant, vers la maîtresse, une autre dame nous accompagnait, elle s'appelait Monique et elle donnait la main à Cyril et Thomas, les terreurs, en fin de colonne. Derrière elle, il y avait Lucie et Sarah, et enfin nous. Derrière elle, il y avait des enfants sages, raisonnables, pas besoin de les avoir à l'œil, pas besoin de leur tenir la main.

Si elle avait su… Si elle avait su ce que la détestation du dentiste pouvait faire germer dans le petit cerveau d'enfants sages et raisonnables !

La maîtresse avait décidé qu'on descendrait sur les quais, qu'on longerait le lac jusqu'à l'office du tourisme où on traverserait pour rejoindre la Grand-Rue, et de là l'immeuble du dentiste.

C'est sur les quais qu'on a déserté. Tous les enfants s'étaient arrêtés pour écouter les explications de la maîtresse au sujet d'un arbre très rare qui s'appelle Araucaria, dont le surnom, en Amérique du Sud, est « désespoir des singes », car ses feuilles sont des petits triangles verts, si pointus et si durs qu'aucun singe ne se risquerait à y grimper.

On aurait volontiers écouté la suite de l'histoire, on était déjà en train d'imaginer les pauvres bêtes sautant d'une branche à l'autre en faisant « ouille ouille ouille », mais l'occasion était idéale. Pendant qu'ils avaient tous le nez en l'air, on a filé se cacher entre les massifs de rhododendrons.

Peu après, ils sont repartis.

On a attendu. Peut-être qu'on espérait que la maîtresse se rendrait compte de notre absence. On ne l'a pas dit.

Comme personne ne se souciait de nous, on est allés à la place de jeux. On a grimpé sur la tourelle du bateau en bois, on a navigué en essayant d'éviter les icebergs et les récifs, on a échappé aux requins et pêché des baleines à bosse.

Puis la maman de Lucie est arrivée, avec la poussette grise où dormait Emma, la petite sœur de Lucie. Elle nous a demandé ce qu'on faisait sur les balançoires, pourquoi on n'était pas avec les autres enfants de la classe.

On n'a pas répondu. On mangeait notre baleine et ce n'est pas poli de parler la bouche pleine. Mais on a vu qu'elle prenait son téléphone. Vingt minutes après, la maîtresse était là. Elle nous a grondés, et souri, et grondés, et souri, et même serrés dans ses bras.

Et on a dû aller chez le dentiste le lendemain, avec une autre classe.

Ça te rappelle quelque chose ?

Ça ne s'oublie pas, une aventure pareille !

9. TROP VITE, TROP LENTEMENT

Le temps se fiche des montres comme de l'an quarante.

Étienne Klein

— Pour toi, Papa, le temps passe vite ou lentement ?

— Je ne sais pas. D'habitude, il me semblait passer toujours trop vite, j'aurais voulu que mes journées aient deux ou trois heures de plus, pour pouvoir mieux préparer mes cours, mieux faire mes corrections. J'ai l'impression de tout survoler. Et aussi, et surtout, ça fait des années que j'aurais voulu rentrer tôt du travail, me mettre à quatre pattes et jouer avec vous, pas juste quelques minutes comme on le faisait avant le repas, mais des heures entières. Mais à présent, depuis l'accident, j'avoue que je ne sais plus si le temps passe vite ou lentement.
J'aimerais être déjà dans quelques jours, ou quelques semaines, j'aimerais que Maman sorte de son lit d'hôpital et qu'elle se porte bien, que tout redevienne comme avant. En même temps, j'ai un peu peur, peur de l'avenir, peur de comment elle sera quand elle sera réveillée, de ce qui va se passer.
Et pour vous, mes chéris ?

— Pour moi, le temps passe trop lentement. Je voudrais qu'elle soit déjà réveillée, je voudrais savoir comment elle va, même si moi aussi j'ai un peu peur.

— Et toi, Polina ?

— Moi, je ne sais pas. Je voudrais que le temps s'arrête pendant un de mes rêves, quand je nous vois tous ensemble et Maman qui rit et nous embrasse.

— Dans tes rêves, tu te souviens de Maman ?

— Oui, je m'en souviens. Et quand je me réveille, je me souviens du rêve, pas de Maman elle-même, c'est différent, je ne sais pas comment expliquer. En tout cas pour moi, le temps passe trop vite et trop lentement à la fois. En plus, j'ai l'impression qu'il passe sans moi.

— Comment ça, il passe sans toi ? a demandé Papa.

— Je le regarde passer, mais je n'en fais plus partie. C'est comme si j'étais dans une salle et que je regardais un film. Parce qu'il me manque trop de choses. C'est comme si j'essayais de construire un château de sable sur de l'eau : ça ne tient pas, ça s'effondre, ça se répand. Mais à force, parfois, quelque chose reste, et je peux vite essayer de construire un bout de mur.

— Oui, je crois que je comprends ce que tu veux dire, a murmuré Papa. J'ai moi aussi cette impression, quand les médecins s'occupent de Maman et que je suis de l'autre côté de la vitre, c'est pareil, alors, je ne fais plus partie du film. Mais après, ils me disent que je peux venir, je pousse la porte, je m'assieds sur la chaise à côté d'elle, je lui prends la main et tout redevient présent.

— Mais quand je lis les souvenirs que Léo m'envoie, c'est chouette, ça rentre bien dans ma tête, et aussi dans mes jambes, mes bras, mes mains, je ne sais pas comment vous expliquer. Les souvenirs vont se loger un peu partout en moi, pas seulement dans mon cerveau. C'est comme s'ils circulaient avec mon sang, comme s'ils nourrissaient chaque centimètre de ma peau.

— T'inquiète, sœurette, ai-je alors affirmé, je vais continuer à la remplir, ta petite tête, et tout le reste avec, tu vas en faire, des châteaux de sable, avec des ponts-levis, des douves, des tours et des remparts, rien que du solide, et pas la moindre oubliette…

Papa nous a embrassés et il a dit :

Que dit la théorie d'Einstein ?

En 1905, Albert Einstein proposa une nouvelle théorie de l'espace et du temps appelée «théorie de la relativité restreinte».

Plus d'un siècle après sa publication, on entend souvent dire que cette théorie établirait que «la vitesse d'écoulement du temps dépend de la vitesse de l'observateur». Cette formule est doublement trompeuse. D'abord parce qu'elle affirme que le temps serait comme Newton l'avait pensé, sauf qu'il aurait désormais une vitesse d'écoulement. Or toute vitesse est une variation – plus précisément une dérivée – par rapport... au temps! Parler d'une vitesse du temps supposerait donc qu'il y ait une variation du rythme du temps par rapport à ce même rythme, ce qui est absurde...

Ensuite, parce qu'elle laisse entendre qu'il n'existerait qu'un seul temps, le même pour tous, mais «élastique», puisque sa vitesse d'écoulement est censée varier d'un observateur à l'autre.

Le naïf pourrait ainsi imaginer que s'il lui faut deux heures pour lire tel ouvrage dans sa chambre, il lui faudrait un temps différent pour le lire dans une fusée qui le propulserait dans l'espace à cent cinquante mille kilomètres par seconde. Or, dans sa chambre ou dans une fusée, la lecture lui prendra deux heures, montre en main. En vertu, justement, du principe de relativité: quand un observateur est en mouvement rectiligne et uniforme, tout se passe exactement comme s'il n'était pas en mouvement.

Quelle différence, alors, avec la physique newtonienne? C'est qu'à son retour de voyage, sa montre ne sera plus synchronisée avec celles de ceux qui sont restés sur terre. Car selon la théorie d'Einstein, chaque observateur est doté d'un «temps propre», c'est-à-dire propre au référentiel dans lequel il se trouve.

Dans ce cadre, changer de référentiel, c'est-à-dire passer du point de vue d'un observateur à celui d'un autre en déplacement par rapport à lui, ce n'est en aucun cas diminuer ou augmenter la vitesse d'un temps unique qui serait commun aux deux. C'est passer d'un certain temps propre (par exemple, le temps propre de la terre) à un autre temps propre, radicalement distinct du précédent (par exemple, le temps propre de la fusée).

Impossible de dire que l'un s'écoule plus rapidement que l'autre.

La théorie de la relativité ne se contente donc pas de relativiser le temps absolu newtonien, commun à tout l'univers : elle lui substitue une multiplicité de temps discordants entre eux, chacun attaché à un référentiel différent et qu'il serait vain de vouloir confronter les uns aux autres ; livrés aux vicissitudes de leurs déplacements relatifs dans l'espace, les temps propres des observateurs ne cessent de se déphaser, c'est-à-dire de perdre leur commune mesure.

Étienne Klein

De : Léo
Objet : premier amour
Date : 25 juillet 2020 19:48
À : Polina

Octobre 2018

Il y a des choses qui n'appartiennent qu'à toi, dont je ne sais presque rien, mais je peux peut-être te mettre sur une piste, trouver le bout d'une ficelle que tu parviendrais, ensuite, toute seule, à tirer. Tu rapporterais un souvenir comme d'autres un poisson au bout d'un hameçon.

Si je te dis Thomas Moretti, ça t'évoque quelque chose ? Quelqu'un ?

Si je te dis que vous prépariez, il y a moins de deux ans, un exposé sur les volcans (devine de qui venait l'idée ?!), et que pour ça vous avez passé des samedis après-midi entiers dans ta chambre, la porte ouverte parce que Papa l'exigeait, et que vous aviez l'air de drôlement bien vous entendre, ça ne te rappelle rien ? Ce ne serait pas par hasard ton premier amoureux ?

Thomas Moretti, Thomas Moretti, Thomas Moretti… Allez, fais un effort ! Yeux bruns, cheveux noirs, un vrai gars du Sud mais avec un bon accent vaudois, et il apportait parfois une focaccia faite par sa mère, je dois dire que je l'appréciais beaucoup, ces jours-là. Je crois que du haut de tes dix ans, tu étais folle de lui. Je ne peux pas t'en dire plus. Si ce n'est que tu as été bien malheureuse lorsqu'ils ont déménagé, il y a quelques mois.

Je t'ai entendue pleurer, un soir, dans ton lit. Je ne savais pas quoi faire, je suis descendu le dire à Maman et elle venue te voir avec un verre de lait chaud, comme quand on était petits. Vous chuchotiez. Je me suis endormi.

Le lendemain, Maman a juste dit qu'avec le temps tout irait mieux, qu'il fallait de la patience, comme pour une blessure, comme pour une cicatrice.

C'est fou. Si on en croit les adultes, le temps, c'est le remède à tout.

Allez. Fais un effort. Thomas Moretti, le beau Thomas, je voudrais que tu t'en souviennes, mais sans pleurer, d'accord ?

10.
UN FROMAGE DE 3300 ANS

Le problème avec les citations qu'on trouve sur Internet, c'est qu'on n'est jamais sûr qu'elles soient authentiques.

Albert Einstein

Les nouvelles ne sont pas très bonnes, pour Maman.

Les médecins ont expliqué à Papa qu'elle avait montré des signes de réveil, mais qu'à la suite d'un nouvel examen ils avaient décidé de prolonger son coma, Papa a dit son sommeil, mais c'est bien dans un coma profond qu'ils l'ont plongée.

C'est pour lui donner plus de chances de guérir, nous a expliqué Papa, mais on aurait dit que sa bouche avait de la peine à prononcer ces mots : chance, guérir, comme s'ils avaient été fabriqués par quelqu'un d'autre que lui, pour un usage qu'il ne maîtrisait pas bien.

Lorsqu'on va la voir, c'est comme avant.

C'est le même sommeil, les mêmes appareils, les mêmes bruits.

Rien n'a changé.

Combien de temps est-ce que ça va durer ?

Hier soir, Papa n'était pas là, il est allé manger au restaurant avec Martin, c'est son ami d'enfance. On lui a dit qu'on était très contents de rester seuls à la maison, qu'on regarderait la télé, pour nous remplir le crâne de choses importantes comme des gens à moitié nus qui mangent des plantes dans la jungle en rêvant de poulet rôti et de célébrité, ou d'autres dans une piscine qui parlent de leurs cheveux et de leurs muscles.

Il a souri, il a dit qu'on avait bien le droit de nous changer les idées, alors faites comme vous voulez, les chéris, a-t-il ajouté en nous embrassant, je rentrerai vers 22h et j'aimerais que vous soyez au lit.

En fait, on n'a même pas regardé la télé, Polina et moi, on a discuté.

C'est elle qui a commencé.

ON DOIT FAIRE QUELQUE CHOSE POUR MAMAN. ON NE PEUT PAS JUSTE ATTENDRE.
MAIS QU'EST-CE QUE TU VEUX QU'ON FASSE ?
JE NE SAIS PAS, C'EST À TOI DE RÉFLÉCHIR, TU TE SOUVIENS MIEUX QUE MOI DE SA VIE, DE CE QUI COMPTE POUR ELLE. À PART PAPA ET NOUS, BIEN SÛR !
À PART PAPA ET NOUS, ET LE RESTE DE LA FAMILLE, CE QUI COMPTE, C'EST SON TRAVAIL.
EXACTEMENT, C'EST CE QUE JE PENSAIS, ET C'EST DANS CETTE DIRECTION QU'IL FAUT CHERCHER !

CHERCHER ?
OUI, CHERCHER.
QUELQUE CHOSE QUI RÉVEILLERA SON CERVEAU, QUI LE REMETTRA EN ROUTE, QUELQUE CHOSE DE SI INCROYABLE QU'ELLE VOUDRA EN SAVOIR PLUS, QU'ELLE NE POURRA PAS CONTINUER À DORMIR ET À LAISSER LA TERRE TOURNER COMME SI ELLE ÉTAIT DESCENDUE DU MANÈGE ET SE CONTENTAIT DE FAIRE DE PETITS SIGNES DE LA MAIN À CEUX QUI SONT ENCORE DESSUS.

ELLE EST BIEN, TON IDÉE.
BIEN SÛR QU'ELLE EST BIEN !
MAIS DES DÉCOUVERTES EN GÉOLOGIE, IL N'Y EN A PAS À CHAQUE COIN DE RUE.
NON, MAIS ON PEUT ÉLARGIR À D'AUTRES VIEILLERIES... TOUT L'INTÉRESSE, C'EST TOI QUI ME L'AS DIT.

Polina souriait comme je ne l'avais plus vue sourire depuis l'accident.

J'ai pensé que, pour Maman et elle, il fallait aller au bout de ce raisonnement, que ça ne pouvait que leur faire du bien à toutes les deux. Et qui sait ?

Alors on n'a pas allumé la télévision, mais l'ordinateur.

Et on a cherché.

On a cherché quelque chose de nouveau, d'inouï, de tellement surprenant qu'un être doué de curiosité (et notre maman en a à revendre, de la curiosité) ne pourrait s'empêcher de demander des précisions, des preuves ! Quelque chose qui mette le cerveau en ébullition, qui fasse cogiter, qui bouleverse des certitudes qu'on croyait acquises, qui ouvre des portes insoupçonnées.

Quelque chose dont, si possible, elle n'a pas pu entendre parler, qui se serait passé ces dernières semaines.

Je dois dire qu'on s'est beaucoup amusés.

Parmi les découvertes scientifiques essentielles du mois, il y a… un fromage. Mais pas n'importe lequel. Une équipe d'archéologues

a vu dans une tombe de la nécropole de Saqqara, en Égypte, des pots contenant une étrange substance blanche. Il s'est avéré que c'était du fromage ; le plus vieux fromage jamais découvert à ce jour.

— Eh ben, je préfère ne pas imaginer son odeur ; et son goût encore moins ! a dit Polina.

— Si tu en manges, tu meurs, ai-je répondu, car l'article précisait qu'une bactérie extrêmement dangereuse s'y trouvait. Une bactérie bien vivante, dans un fromage vieux de 3 300 ans.

— Bon, gardons le fromage en tête, mais si on pouvait trouver quelque chose de plus… essentiel, déterminant pour l'humanité, ce ne serait pas plus mal.

— D'accord, on cherche encore. Ou plutôt, tu cherches, sœurette, et moi, je vais nous faire des pâtes.

De : Léo
Objet : le beau Tango
Date : 26 juillet 2020 18:24
À : Polina

Le 22 juin 2016

Aujourd'hui, je te raconte l'anniversaire de Lilya, celui de ses huit ans. On y était invités, tous les deux, comme d'habitude ; on avait beau dire à nos copains (et Papa et Maman avaient beau dire aux parents de nos copains) qu'on n'était pas soudés comme des siamois, on avait l'impression que pour eux Léoetpolina était un seul et même être. Une sorte d'entité bicéphale.

Alors ils invitaient Léoetpolina à la piscine, Léoetpolina au zoo, Léoetpolina au cinéma. Donc, ce mercredi 22 juin 2016, Léoetpolina étaient conviés à fêter les huit ans de leur copine Lilya, de 15h à 18h, au chemin des Geais 23, rez-de-chaussée droit.

On se réjouissait, on aimait bien Lilya. Maman lui avait acheté un jeu : « Construis ton propre volcan ». On s'était regardés, toi et moi, et on avait haussé les épaules, résignés. Maman se débrouillait toujours pour qu'on offre à nos copains des livres ou des jeux sur la préhistoire, ou les fossiles, ou la géologie. Elle disait que si elle pouvait susciter ne serait-ce qu'une seule vocation parmi tous nos camarades, elle serait ravie.

Dans le paquet que je portais ce jour-là, sous un joli (mais trompeur) papier rose à motif de Minnie, se cachait une boîte avec un moule en forme de volcan, du plâtre (c'est pour ça que c'était si lourd !), des sachets de « poudre à éruption », autrement dit de l'acide citrique et du bicarbonate de sodium qui, une fois mélangés et aspergés d'eau, devraient provoquer une belle lave effervescente qui dégoulinerait le long du faux volcan et, accessoirement, sur la vraie moquette ; enfin, quelques cailloux complétaient le kit, véritables spécimens de roches volcaniques parmi lesquels se trouvaient heureusement une pierre ponce, connue pour sa légèreté !

À Leyla, le mois précédent, elle avait offert un carton à chaussures qui renfermait trois géodes, un marteau, une loupe et des lunettes de protection pour éviter que notre copine ne reçoive dans les yeux des éclats de pierre au moment où elle exploserait les géodes avec le marteau. Les géodes, c'est un peu le même principe qu'avec une noix de coco, sauf qu'à l'intérieur ça ne se mange pas, ça se contemple : à l'intérieur, il y a des cristaux mauves, ou roses, ou blancs. J'ai cherché les sparadraps, mais il n'y en avait pas dans le kit imaginé par Maman.

Et à Zack, on avait apporté un bloc de 30 ou 40 cm de long, et presque aussi large, et presque aussi haut, il devait peser près de 10 kg, Maman avait noué dessus un beau ruban rouge, et tout l'intérêt de cette pierre résidait dans la dent de requin fossilisée qu'on apercevait à son extrémité droite.

Mais revenons à l'anniversaire de Lilya. Ses parents avaient préparé une surprise. Dans le champ à côté de son immeuble, un poney nous attendait. Il avait une selle, une bride, des yeux bruns, de longs cils beige, un air fatigué et il s'appelait Tango. Il appartenait à un ami de la tante de Lilya et on avait pu, l'un après l'autre, faire une promenade sur son dos.

Qu'est-ce que tes yeux avaient brillé, cet après-midi-là ! Moi j'avais bien aimé, mais toi, c'était plus que ça ; perchée sur Tango, tu étais au paradis, tu ne peux pas avoir oublié ça, ce n'est pas possible…

11.

DU CHOLESTÉROL, DU DENTIFRICE ET DES VERS QUI RESSUSCITENT

L'éternité c'est long, surtout vers la fin.

Franz Kafka et/ou Woody Allen

Quelques minutes plus tard, Polina hurlait :

— Hé, j'ai un truc génial, il semblerait que des paléontologues australiens aient découvert le plus vieil animal ayant jamais existé sur la terre ! En fait, on connaissait déjà la bestiole, le Dickinsonia, c'est comme ça qu'elle s'appelle, mais on pensait que c'était une plante, une sorte de lichen, ou un champignon.

— Bien sûr, le Dickinsonia, Maman nous en a montré des fossiles le 8 septembre 2016. Un machin tout plat. Comment on a su que c'était un animal, alors ? ai-je crié en remplissant la casserole d'eau et en y ajoutant une bonne cuillère de sel.

— C'est ça, la nouveauté, les Australiens ont trouvé du cholestérol en analysant les fossiles, et le cholestérol est une molécule qui ne peut appartenir qu'aux animaux.

J'ai entendu Polina glousser, elle n'a rien répondu, elle devait chercher encore puisque trois minutes après elle affirmait :

— Oh la pauvre bête, elle était toute plate, comme tu dis, et en plus elle n'avait ni bouche, ni intestin, ni anus.

— Les spaghetti auraient eu de la peine à passer…

— Ils disent que c'est une découverte majeure en paléontologie. Le premier animal ayant existé sur terre, ou plutôt dans l'eau, il y a 558 millions d'années. Il est plein de nervures, il ressemble à une feuille, ou à un bout de plume d'oiseau. En tout cas, c'est mieux que le fromage !

— Super, continue !

Peu après, deux belles assiettes de spaghetti bolognaise fumaient près de l'écran de l'ordinateur, ma contribution personnelle aux recherches en cours ; même les grands esprits doivent se nourrir.

— Tu as autre chose ?

Polina a fait la moue :

— Rien qui révolutionne la science. Des chercheurs qui ont mis toute leur énergie pour qu'on arrête de gaspiller le dentifrice, ça t'intéresse ?

— Dis toujours…

— Ils proposent d'imprégner les tubes et autres flacons avec une huile végétale, du coup ça glisse mieux, et il y a aussi une théorie sur l'angle de contact entre pâte et récipient, mais bon, l'idée, c'est que tu puisses vider jusqu'à la dernière goutte ta bouteille de ketchup ou ton tube de dentifrice.

— Mouais, ça me paraît pas déterminant pour l'avenir de l'humanité.

— Et Maman n'aime pas le ketchup, en plus. Délicieux, tes spaghetti, a ajouté Polina, la bouche pleine.

Je l'ai regardée, abasourdi :

— Mais… tu te souviens que Maman n'aime pas le ketchup ?

— Oui, ça m'est venu tout seul. C'est vrai ?

— Absolument vrai. Elle dit que c'est bourré de sucre et de maïs génétiquement modifié. Eh, sœurette, on dirait que des trucs se passent, dans ce petit cerveau !

Elle a rougi, et fixé l'écran de l'ordinateur en écarquillant les yeux.

Tout comme moi.

Quelques minutes de plus à faire défiler des pages sur l'écran et elle me demandait :

— Une très vieille peinture de vache, ça nous intéresse ?

Je lui ai raconté qu'on en avait vu, des très vieilles peintures, pas plus tard que l'année dernière, pendant nos vacances en Ardèche, et c'étaient plutôt des grands félins et des mammouths que des vaches ; d'ailleurs ce n'étaient pas les vraies, mais des reproductions, parce que les vraies peintures, on les protège de l'air, des microbes que les visiteurs transportent avec eux, des dégâts qu'ils peuvent provoquer ; les vraies, seuls les scientifiques peuvent les voir.

— Mais qu'est-ce que c'était beau, tout de même, et d'imaginer des hommes, il y a 35 000 ans, en train de mélanger des pigments, de racler la paroi de la grotte pour la préparer à recevoir les couleurs, les formes, les silhouettes des bêtes qu'ils côtoyaient ou chassaient, pour une fois on était tous aussi bouleversés que Maman. Ça ne te dit rien ?

— Non, ça ne me dit rien.

— Dommage… Mais ça te reviendra, comme le ketchup, comme tout le reste.

— J'espère ; c'est tellement bizarre. Bon, 35 000 ans, tu as dit ? Moi, ma vache, elle est encore plus vieille, a rétorqué Polina.

— Sérieux ?

— 40 000 ans.

— Pas mal. Raconte !

— En fait, c'est pas une vache, mais ça ressemble à un gros bœuf, et c'est pas en Europe mais en Asie, dans une grotte de Bornéo. Ils écrivent que c'est parce qu'on a fait de grands progrès dans les méthodes de datation qu'ils peuvent affirmer que cette peinture date d'il y a 40 000 ans. Du coup, c'est la plus ancienne œuvre figurative connue.

— Super, on garde !

On s'est relayés à l'ordinateur, ce soir-là, Polina et moi.

Et la moisson n'a pas été mauvaise.

On a encore trouvé des vers qui ont été congelés il y a 30 000 ans pour l'un et 42 000 ans pour l'autre et qui se sont réveillés tout guillerets de leur long sommeil. Je me demande de quelles autres bêtes les glaciers de Sibérie vont accoucher en fondant !

On a appris que les animaux de notre planète, surtout les mammifères, deviennent de plus en plus nocturnes ; nous, les humains, on fait tellement de choses qui leur sont désagréables qu'ils cherchent à nous éviter à tout prix, même si pour ça ils doivent dormir le jour et vivre la nuit, ce qui leur complique beaucoup l'existence.

Enfin, on a lu qu'un vrai lac souterrain a été découvert sur la planète Mars, avec de l'eau liquide, pas gelée ou évaporée, en quantité, et qui dit eau dit vie, c'est Maman qui nous a expliqué ça le 17 décembre dernier, lorsqu'on regardait un documentaire sur les planètes éventuellement habitables, un jour, lorsqu'on aurait totalement cassé la nôtre ; on mangeait des clémentines et des biscuits à la cannelle pendant qu'il pleuvait fort dehors et j'avais pensé « si seulement toute cette pluie était de la neige… »

On a pris des notes sur chacune des découvertes. On ne voulait pas risquer d'en oublier une seule, quand on serait auprès de Maman. On commencerait notre « Opération réveil imminent », comme on avait décidé de l'appeler, dès le lendemain.

Lorsqu'on a regardé l'heure, il était dix heures moins le quart et Papa allait arriver d'une minute à l'autre.

On a couru se préparer et se mettre au lit, on avait complètement oublié d'allumer la télévision.

De : Léo
Objet : le petit cheval et le tricératops
Date : 27 juillet 2020 21:35
À : Polina

Tu te souviens de nos histoires préférées ? La mienne, c'était « Le tricératops amoureux » et toi c'était « Le petit cheval qui voulait prendre le bateau ». Papa les avait inventées, c'est lui qui nous les racontait, le soir, quand il ne nous lisait pas un livre. Je connais la tienne par cœur, bien sûr, puisqu'on dormait dans la même chambre à cette époque. C'était l'année de nos cinq ans, ou peut-être de nos six ans, de toute façon on les a entendues mille fois, les histoires changeaient, mais à peine, on n'aurait pas supporté que Papa s'éloigne trop de la version qu'on attendait chaque soir.

Mon tricératops tombait amoureux de la lune, mais le pauvre, il avait une tête si lourde ! Tu visualises sa tête ? Deux énormes cornes de plus d'un mètre sur le front, une autre corne sur le nez et cette collerette tout en os qui lui donnait un air de toutou à qui on veut interdire de se gratter les oreilles, sauf que ce toutou-là mesurait près de dix mètres de long, quatre mètres de haut et pesait 7000 ou 8000 kilos. Dont 3000 pour la tête. Il avait donc bien de la peine à la lever pour voir son amoureuse. C'était un romantique, un doux, en tout cas tant qu'aucun tyrannosaure ne lui cherchait des poux ; c'était un mangeur d'herbe et de plantes, et chaque soir ce mastodonte allait près d'un lac, pour boire bien sûr, mais surtout pour admirer le reflet de sa belle dans l'eau. Mais voilà, le lac était petit, le tricératops assoiffé et très épris, et ce qui devait arriver arriva : bientôt il n'y eut plus d'eau, et plus de reflet, juste une lune très haut dans le ciel et un amoureux désespéré de ne plus voir sa dulcinée… Tu te souviens de la suite ? Allez, fais un effort, je ne te la dis pas, tu dois la retrouver toi-même. En tout cas, ça finit bien, rassure-toi.

Ton histoire à toi, c'était celle du petit cheval du carrousel d'Ouchy. Il tournait en rond toute la journée, et toute la journée il voyait le lac, et les montagnes, en face, il avait appris par des touristes de passage que c'était un autre pays, il n'était pas trop sûr de son nom, la France peut-être, ou l'Italie, ou le Canada, ou la Russie, il n'entendait jamais toutes les conversations des parents qui faisaient signe aux enfants pendant que le carrousel tournait ; il passait devant les gens et saisissait au vol une poignée de mots, mais déjà il s'éloignait, d'autres paroles arrivaient, elles aussi si vite coupées, et en plus avec cette musique ! Toujours est-il qu'il rêvait d'y aller, là-bas, de l'autre côté du lac, il rêvait de sauter hors du manège, de galoper jusqu'au si beau bateau qu'il apercevait parfois amarré au quai, d'un bond il serait sur la passerelle, le capitaine le saluerait, le capitaine, il le voit bien, salue toujours les enfants qui montent à bord, alors il le ferait sûrement aussi pour un petit cheval curieux, et hop, Chamallow (oui, tu avais décrété qu'il s'appelait Chamallow, ça vient de me revenir) s'installerait à l'avant du bateau, là où on prend le vent en pleins naseaux, en pleine crinière, et vogue la galère, que l'aventure commence !

Et qui donc aide le petit cheval de l'histoire à réaliser son rêve ? Quelle petite fille va convaincre son papa d'aller, une nuit, à Ouchy avec un gros tournevis et un pied-de-biche ? Je te donne un indice, son nom commence par P et se termine par A. Et la suite du voyage, c'est à toi de me la raconter, d'ailleurs je n'en suis plus très sûr, c'est bizarre, on dirait que des choses m'échappent un peu, çà alors, c'est bon signe, tu crois ?

12. QUELLE HEURE EST-IL ?

– Quel jour on est ?
– On est aujourd'hui.
– C'est mon jour préféré !

Alan Alexander Milne,
Winnie l'Ourson

Papa s'était presque endormi sur son fauteuil, à côté du lit de Maman, à l'hôpital, quand soudain il a entendu cette question.

— Quelle heure est-il ?

Son cœur a bondi, il a cru avoir rêvé, ou qu'une autre personne était entrée dans la pièce, parce que la nuit commençait à tomber et la lumière n'était pas allumée.

Mais il n'avait pas rêvé, c'était sa femme, notre maman, qui le regardait et lui avait une seconde fois demandé l'heure.

Il a murmuré, en lui prenant la main :

— Tu devrais plutôt me demander quel jour on est…

— Ah oui ? Pourquoi ? Quel jour on est ?

— On est lundi.

— Je suis à l'hôpital, c'est ça ? Depuis avant-hier ? À cause de cette chute ? Je me suis cassé quelque chose ?

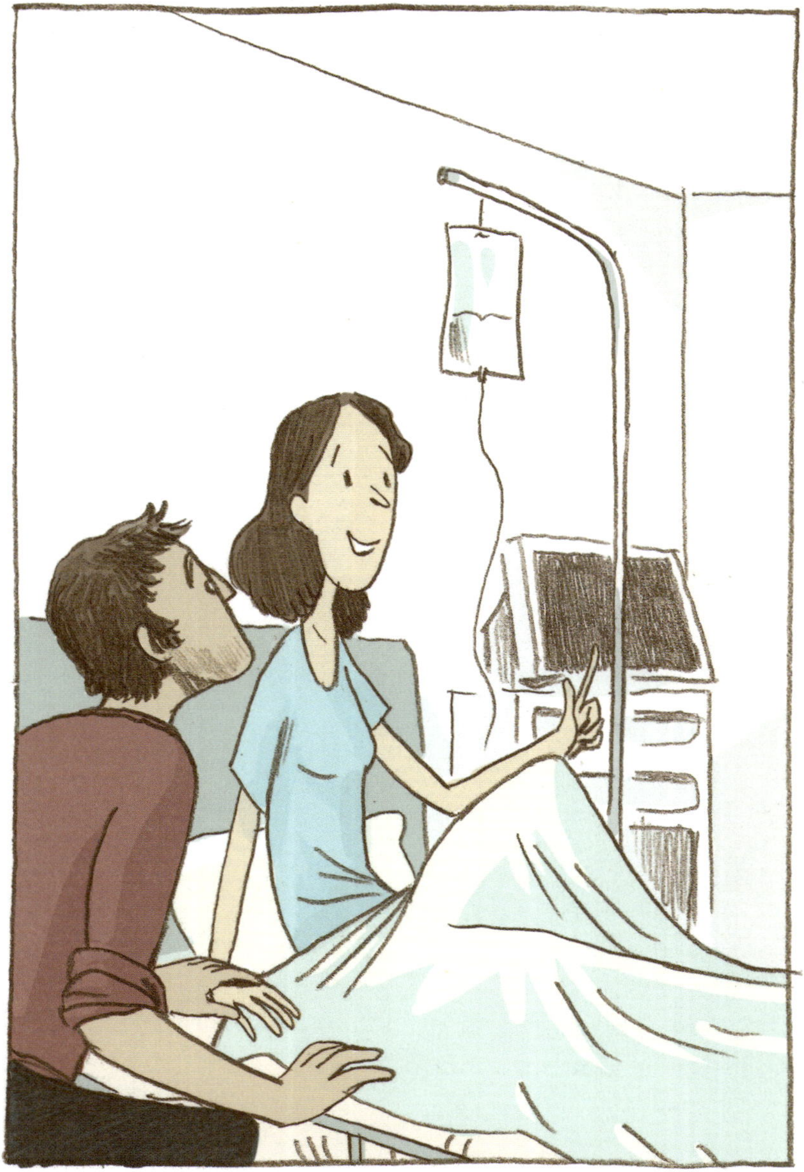

Papa savourait chaque mot, parce que chaque mot était à sa place, chaque mot arrivait au bon moment, chaque mot racontait une merveilleuse histoire : sa femme allait bien, son cerveau semblait fonctionner normalement, elle se souvenait de l'accident, du jour de la semaine où il avait eu lieu, elle avait réalisé qu'elle se trouvait sur un lit d'hôpital, il y avait juste ces quelques jours infiniment longs pour nous qui lui échappaient, ce sommeil dont elle venait de s'extraire comme d'une courte sieste un après-midi d'été, on s'étire, on bâille, on regarde par la fenêtre et on se réjouit de toute cette lumière, toute cette chaleur qui va nous tomber dessus dès qu'on mettra un pied dehors.

Il lui a répondu, en l'embrassant :

— Tu es à l'hôpital depuis dix-sept jours…

Il y a eu un silence, puis Maman a ajouté :

— Dix-sept jours, tu es sûr ?

— Tu me demandes si je suis sûr ? Tu crois que je n'ai pas compté chaque heure, chaque minute ?

— Et les enfants ?

— Les enfants vont bien, ils ont été choqués, mais ils vont bien. Et surtout je crois qu'ils vont aller merveilleusement bien dans quelques secondes, lorsque je les appellerai.

— C'est incroyable, dix-sept jours.

— Oui, je sais, tu étais dans le coma ; depuis quelque temps, les médecins voyaient que tu allais te réveiller, ils ont prolongé ton sommeil, pour ne pas te fatiguer inutilement, ils ont fait mille contrôles, et tout va bien. La seule incertitude concernait précisément ton petit cerveau, mais tu es en train de me rassurer.

— Dire que je me plaignais qu'on nous vole une seconde et demi par minute… Là, c'est dix-sept jours qui ont disparu d'un coup.

— Pardon ?

— Oui, c'est à cause des horloges de la gare.

— Tu m'inquiètes un peu, là. Il vaut peut-être mieux te reposer. On ne nous vole rien, tu sais.

— Ne t'inquiète pas, je ne délire pas. Tu te souviens, les enfants et moi, on a pris le train, le jour de notre excursion à la Pierre Avoi ?

— Bien sûr que je me rappelle, comment je pourrais oublier…

— Eh bien, sur le quai, je me suis rendu compte que les horloges des gares marquaient un temps d'arrêt à chaque fin de minute. Une seconde et demie environ. Et dans le train, j'ai calculé qu'à ce rythme-là, tous les 40 jours, on nous volait un jour, tous les 40 jours, 24 heures disparaissaient dans le néant. C'est énorme !

— Non, c'est rien, c'est égal, on s'en fiche, je suis heureux. Heureux de voir que dès ton réveil ça bouillonne de nouveau là-dedans.

— Oh je suis désolée de ce que je vous ai fait vivre. J'ose à peine l'imaginer.

— Oui. Ça a été les jours et les heures les plus longs de notre vie. Mais tu n'y es pour rien, et on va vite oublier tout ça, à présent.

— Et les enfants ? Raconte !

— Oh, ils ont réagi chacun à leur manière…

— Les pauvres chéris. Va vite les rassurer. Et dis-leur de venir, j'ai tellement besoin de les serrer dans mes bras.

Mesurer le temps

Un des plus anciens instruments de mesure du temps est le cadran solaire. Son principe est simple : au fur et à mesure que le soleil se déplace dans le ciel, l'ombre d'un bâton se déplace sur un cadran fixe et gradué, par exemple une pierre posée au sol, ou contre un mur.

On a trouvé en Égypte une clepsydre qui date de 1400 environ avant notre ère. Selon l'étymologie grecque et latine, ce mot signifie « ce qui dérobe l'eau ». Un récipient évasé rempli d'eau se vidait doucement par un petit trou percé à sa base et des repères permettaient de visualiser le temps écoulé.

L'encens brûlant à une vitesse constante, on a utilisé en Chine dès le VIe siècle avant notre ère et jusqu'au XVIIe siècle des horloges à encens appelées aussi horloges de feu. Un système de poids attachés à des fils que le bâton d'encens consumait à intervalles réguliers ajoutait un signal sonore au dispositif lorsque le poids tombait dans une coupelle métallique !

Le fonctionnement du sablier est proche de celui de la clepsydre, son usage était très répandu du XIVe au XVIIIe siècle. Du sable fin s'écoule, selon une durée choisie, d'une ampoule de verre dans une autre ampoule, placée sous la première. Il suffit de retourner l'installation pour relancer la mesure du temps.
Pour éviter l'inconvénient de devoir fréquemment retourner un sablier, on a imaginé les « horloges à bougie » : on traçait sur une bougie des repères gradués, par exemple des heures, qui étaient atteintes au fur et à mesure que la cire fondait.

Les premières horloges mécaniques, au XIIIe siècle, n'avaient ni cadran ni aiguille : elles sonnaient les heures grâce à un poids qui actionnait les rouages ; un cadran est apparu au XVe siècle ; au milieu du XVIIe siècle, une seule aiguille faisait le tour du cadran en 24 heures, mais était très peu précise.

Les premières montres, qui étaient en réalité des horloges miniaturisées, mécaniques elles aussi et qu'il fallait donc remonter, datent du XVIe siècle, mais seuls les gens aisés en possédaient.
C'est vers 1780 que la montre mécanique devient automatique : le fait de la porter sur soi fait tourner un rotor qui, par un jeu d'engrenage, remonte le ressort du barillet.
En 1840, une pile fournit l'énergie nécessaire pour alimenter un électro-aimant qui fait osciller un pendule : c'est la première horloge électrique.

Jusqu'au début du XXe siècle, on portait volontiers sa montre dans un gousset, une petite poche cousue à son habit ; les montres de gousset étaient généralement reliées à une chaînette. La montre-bracelet, si elle est apparue dans les années 1800 déjà, sera réellement adoptée au tout début du XXe siècle.

Avec la miniaturisation des piles naîtront, en 1952, les premières montres électriques.
En 1969 apparaît une montre-bracelet à quartz à affichage numérique par diodes électroluminescentes. Suivront en 1981 la première montre à quartz sans pile électrique, et en 1990 la première montre radio-pilotée, qui fonctionne grâce aux signaux d'un émetteur radio.

Enfin, le XXIe siècle voit l'arrivée des montres connectées, grâce auxquelles on peut envoyer des messages, tenir un agenda, consulter ses mails, utiliser un GPS, traduire, calculer, jouer, écouter de la musique, prendre des photos, surveiller son rythme cardiaque et accessoirement... connaître l'heure !

13. LE MAÎTRE DU TEMPS

Vienne la nuit sonne l'heure
Les jours s'en vont je demeure

Guillaume Apollinaire,
Le pont Mirabeau

Je fais comme Grand-Maman m'a expliqué : j'écris, donc je décide.

J'écris que près de deux mois ont passé.

Alors deux mois passent, sans qu'on n'en dise rien.

Grand-Maman m'a dit que ça s'appelait une ellipse.

C'est comme un accélérateur de temps.

En une seule phrase, je nous propulse plus loin, sans machine ni fumée.

Car j'ai décidé que vous ne saurez rien des semaines merveilleuses qu'on a vécues ensemble, tous les quatre. Des semaines entières à guérir ensemble, à se parler, à oublier, à se souvenir. Le cerveau de Polina semble avoir retrouvé tout ce qu'il avait perdu, le mien semble être capable de faire le tri entre les choses importantes et les autres ; c'est comme si, au moment où Maman nous a pris contre elle, ses bras, sa chaleur avaient réparé les ruptures, les déchirures, les brèches, c'est comme si sa tendresse avait tout remis en place.

Oui, je garderai ça pour moi, pour nous.

En revanche, je veux bien raconter encore quelque chose. Parce que c'est surprenant. Et amusant.

Parce que c'est comme Grand-Maman disait, un petit truc de rien du tout, mais qui compte.

Alors j'écris que ce matin, on est retournés à la Pierre Avoi. C'est Maman qui l'avait souhaité. Elle a dit que lorsqu'on tombe de cheval, il faut remonter en selle. Elle, elle est tombée de la montagne, donc elle y remonte. Pour ne pas avoir peur, pour exorciser.

Et aussi, a-t-elle ajouté, parce que les statistiques sont de son côté : le risque qu'un rocher se détache au même endroit, au moment où les mêmes personnes s'y trouvent, est proche de zéro.

Papa était là, il portait le sac à dos avec notre pique-nique.

Je pourrais, par exemple, vous parler du paysage avec une minutie telle qu'il vous faudrait une heure entière pour lire cette description, je pourrais détailler chaque motte de terre, chaque brin d'herbe, dire leurs couleurs, leur odeur aussi, je pourrais raconter les roches, leurs formes et leurs dimensions, leurs angles et leur pente, leur brillance et leur matité, je pourrais longuement m'étendre sur le ciel de ce jour, son bleu intense à l'est mais déjà voilé à l'ouest, les nuages hésitant mais gagnant peu à peu du terrain, et je n'oublierais pas de compléter ce tableau par l'évocation du léger vent qui nous faisait parfois frissonner et apportait des nouvelles du lac, bien loin de nous à présent.

Tiens, si ça me prend tout à coup, je peux aussi vous donner la recette des sablés aux noisettes de Grand-Maman.

Il faut 150 grammes de beurre, 250 grammes de farine, 120 grammes de sucre, un œuf, un sachet de…

Bon. Ça suffit. Après l'ellipse, je vous ai offert une digression, mais j'arrête là et je reprends le fil de mon histoire.

Papa portait donc le sac à dos avec notre pique-nique.

On était partis un peu plus tard que la première fois, mais l'itinéraire était le même, les mêmes trains, les mêmes bus et télécabines.

On a contourné la Pierre Avoi, on n'a pas eu envie de tenter les échelles, il ne faut pas exagérer.

Lorsqu'on est arrivés à l'endroit de l'accident, on s'est arrêtés, on s'est embrassés, on a regardé, longtemps, comme s'il y avait quelque chose à découvrir ou à comprendre, on se tenait debout là, sur le qui-vive, à fixer l'horizon, vaguement inquiets, une belle famille de suricates des Alpes.

Puis on a commencé la descente. Quelque chose était à présent derrière nous, on était heureux et on avait faim.

On n'a pas tardé à trouver un bon coin pour pique-niquer, assis dans l'herbe, au milieu des pâturages, mais à distance raisonnable des vaches qui, de toute façon, nous ignoraient.

Plus bas, à travers sapins et mélèzes, on apercevait la vallée du Rhône et les formes si sages des vignes et des champs cultivés.

Papa a sorti les sandwiches, l'eau, les fruits.

— Jambon ou fromage ? a-t-il demandé à Maman.

— Fromage, elle a répondu.

Elle a pris le sachet en papier que Papa lui tendait, elle en a sorti le sandwich composé de deux tranches de pain complet qu'elle a séparées, elle a reniflé le fromage, puis elle est restée là, comme pétrifiée, à regarder dans le vide.

— Tout va bien ? a demandé Papa, soudain inquiet de son silence et de son immobilité.

— Oui, j'essaie de me souvenir de quelque chose, c'est si étrange, il me semble que j'ai fait plein de rêves, pendant mon coma, mais un en particulier me revient à présent. J'ai rêvé que je lisais un article dans une revue scientifique, à propos d'une découverte essentielle en archéologie, et cet article me passionnait, je voulais absolument faire mes valises et partir, mais où était-ce, en Égypte je crois, oui, c'était en Égypte, oh, vous ne devinerez jamais ce qu'on y avait trouvé !

— Aucune idée, a répondu Papa. Des sarcophages de crocodiles ? Des momies de faucons ?

— Oh non, tu n'y es pas du tout. C'était une découverte complètement loufoque, et pourtant ça me mettait le cerveau en ébullition, je voulais me réveiller, bouger, participer !

— Je donne ma langue à Bastet, déesse des chats, a fanfaronné Papa.

— Eh bien, cette découverte, c'était un fromage. Vous vous rendez compte ! Des archéologues avaient trouvé dans une jarre enterrée le plus vieux fromage du monde. Plus de 3 300 ans. Je vous avais dit que c'était absurde. C'est fou, tout de même, le cerveau, non ? Vous êtes bien silencieux, les enfants. Mon histoire de fromage ne vous intéresse pas, c'est ça ?

Polina et moi, on s'est regardés.

On s'est souri.

— Si, Maman. Ça nous intéresse beaucoup. Tu n'imagines pas à quel point ça nous intéresse.

On avait parlé d'une seule voix.

Étienne Klein

Physicien et philosophe des sciences

Je suis un physicien qui s'intéresse à la philosophie, notamment autour de la question du temps, en partant d'un constat simple : les physiciens parlent du temps, et les philosophes aussi. Ce qui conduit à poser une première question : les premiers et les seconds parlent-ils de la même chose ? Si la réponse est « non », pourquoi utilisent-ils le même mot ? Si la réponse est « oui », est-ce qu'ils en disent la même chose ? Sans doute que non : Aristote et Einstein tiennent sur le temps des propos qui ne se ressemblent guère. Mais s'ils n'en disent pas la même chose, à qui accorder du crédit, aux physiciens ou aux philosophes ? On voit par là qu'il y a une certaine urgence à entrer en lutte avec la langue, à ce que chacun précise de quoi il parle, sans quoi on entretient la confusion, par exemple en ajoutant de multiples qualificatifs au mot temps, ce qui revient à lui mettre un habit d'arlequin.

C'est un accident de santé qui m'a orienté vers cette question. J'avais 31 ans ; un médecin me dit brutalement que mon avenir était mal engagé. J'ai alors pris conscience de la brièveté du temps qu'il me restait à vivre. Fort heureusement, ce médecin s'était trompé et je suis resté bel et bien vivant (j'ai 61 ans). Mais avoir ainsi approché l'idée de la mort a été pour moi un cadeau existentiel. Après coup, je me suis intéressé au temps, me demandant par exemple quels liens il peut y voir entre le temps physique et le temps tel que nous croyons le percevoir.

E. K.

Lukas Baumgartner

Géologue, professeur à la faculté des géosciences et de l'environnement

Dans la famille Baumgartner, c'est la maman de Lukas qui aimait les pierres. Elle n'était pas géologue, mais collectionneuse de minéraux : elle se passionnait pour les quartz, les cristaux, les fossiles et elle avait l'œil comme personne pour les trouver lors des randonnées en montagne.

Dans sa jeunesse, Lukas, lui, était un grand amateur de grimpe, d'alpinisme, et la chimie et la physique l'intéressaient beaucoup. Aussi, au moment de devoir choisir des études et une profession, la géologie, qui allait lier en un grand bouquet tous ses centres d'intérêt et lui permettre de les mettre ensemble en action, s'impose facilement.

Il fait donc ses études de géologie à Bâle, puis part aux États-Unis où il va enseigner pendant de nombreuses années, avant d'aller en Allemagne, puis à Lausanne.

Aux yeux du professeur Baumgartner, la géologie, c'est un peu la « police scientifique » de la terre : on essaie de comprendre ce qui s'est passé à un moment et en un lieu où l'on ne se trouvait pas.

Il essaie d'emmener régulièrement ses étudiants sur les « scènes de crime », là où il y a à comprendre, à interpréter, avec une prédilection pour les Alpes, la Patagonie et la Namibie. Et si ses bagages, au retour de ses expéditions, paraissent souvent hautement suspects aux yeux des douaniers, c'est parce qu'ils contiennent toujours quelques centaines de kilos de cailloux que son équipe et lui se feront un plaisir d'analyser, à l'aide des machines les plus sophistiquées, dans leurs locaux de l'Université de Lausanne.

Jean-François Démonet

Médecin neurologue, professeur à la faculté de biologie et de médecine

Le professeur Démonet est né en France, dans une petite ville, Lapalisse, célèbre pour son château, et surtout pour l'habitant de ce château : ce fameux Maréchal de La Palice, dont le nom donna naissance – à tort, mais souvent les histoires et les mots se transforment avec le temps – aux fameuses lapalissades telles que « s'il n'était pas mort, il serait encore en vie ! »

Jean-François Démonet étudie la médecine, se spécialise en neurologie et travaille en France, en Angleterre, au Québec. Puis la proposition lui est faite de participer à la refonte complète du département des neurosciences cliniques à Lausanne. Il crée ainsi le Centre Leenaards de la mémoire, lieu où convergent consultations et recherche, neurologie, gériatrie, psychiatrie et neuropsychologie.

Pourquoi le cerveau a-t-il très vite passionné le futur médecin et chercheur ? Il a toujours été fasciné par le rapport entre le cerveau et la pensée, cette sorte d'illusion permanente, de reconstitution inlassable des informations auxquelles se livre cette machine fabuleuse qui est le seul organe à nous mettre en rapport avec le monde extérieur.

Ce réseau de cellules et de câbles, que protègent et isolent environ 1 000 grammes de graisse, le professeur Démonet en étudie l'extraordinaire complexité en particulier grâce à l'imagerie médicale, IRM, scanners, ondes électromagnétiques capables de « révéler » notre cerveau et son fonctionnement en photographies et en films d'une précision inouïe.

Ute Heidmann

Professeure de littératures comparées
à la faculté des lettres

Quand j'étais enfant...

... je me levais la nuit pour aller regarder le ciel étoilé. Je voulais devenir astronaute, aller d'une étoile à l'autre, explorer la voie lactée, voler dans l'espace comme une plume... Échapper à notre appartement étroit, à la sombre présence de mon père malade pour rapporter une petite étoile à ma mère si triste. Mais comment faire ? Parfois ma mère nous amenait dans la forêt en bordure de la ville grise, je grimpais dans les arbres, très haut, je m'installais dans les branches, je parlais avec les oiseaux et les écureuils, je leur racontais mon chagrin, et je voulais partir avec eux dans les pays ensoleillés...

Dès que ma sœur aînée a commencé l'école, je l'ai accompagnée. On m'a permis de l'attendre à la bibliothèque, de regarder les images dans les livres. Je restais à ses côtés lorsqu'elle faisait ses devoirs, la questionnais sur tout. Je ressortais ses livres quand elle dormait. Un jour, à la bibliothèque, j'ai pris un livre et je me suis rendu compte que je savais lire, toute seule ! J'ai lu *Le Petit Prince, Peter Pan, Le merveilleux voyage de Nils Holgersson à travers la Suède*, les contes et tant d'autres livres ! Ils m'ont appris à aller d'une planète et d'une étoile à l'autre, à partir avec les oies sauvages, à vivre dans les arbres, à explorer tous les pays du monde. Puis j'ai lu un livre sur l'histoire, sur la guerre... Et j'ai compris, enfin, pourquoi mon père était si malade et ma mère si triste.

Quand j'ai eu dix-sept ans…

… j'ai reçu une bourse pour aller étudier où je voulais! Une bourse magique, autrement dit ! Un tapis volant ! J'ai étudié à Jérusalem, j'ai découvert le désert et trouvé des amis venus du monde entier. Puis dans le Maryland, aux États-Unis, où j'habitais dans une famille dont le père était océanographe, quel univers ! Leur voisin était Neil Armstrong, le premier homme qui a marché sur la lune, il tondait son gazon le samedi comme tout le monde. Ensuite, j'ai étudié à Florence, en Italie, encore une langue – quelle musique joyeuse – et la lumière dans les églises, et les musées où je m'installais pour lire les écrivains Dante, Boccace, Pétrarque…

Puis je suis venue à Genève, pour étudier encore, faire mon doctorat et apprendre mon métier, et donc devenir comparatiste. *Comparer* veut dire mettre en dialogue, relier les espaces et les temps, « mobiliser l'actif relationnel des langues, des cultures et des hommes » comme le dit l'écrivain Patrick Chamoiseau. Les livres sont comme les cailloux que la géologue de notre histoire ramasse en montagne. Si nous les mettons sous nos microscopes et lampes spéciales, les mots et les textes nous « racontent leur histoire » et aussi « notre histoire ». Tout en ouvrant notre regard sur les galaxies de notre futur.

Les mots et les textes sont les magiciens des mystères du temps !

U. H.

Anna-Sapfo Malaspinas

Professeure assistante et chercheuse
à la faculté de biologie et de médecine

Née au début des années 1980, Anna-Sapfo Malaspinas a grandi au cœur de la génération que le sida touchait de plein fouet, si bien que toute petite, elle s'était promis de trouver un vaccin contre le VIH.

Férue de sciences (mais pas seulement, les arts et la littérature l'intéressent aussi beaucoup), elle a eu l'occasion d'observer le travail de son parrain, chimiste : elle a alors compris ce que signifie être un chercheur, le processus même de la recherche, sa dimension temporelle, incertaine, passionnée ; tout cela l'a séduite et a décidé de sa trajectoire future.

Comme elle rate… le délai pour l'inscription en faculté de médecine, elle se tourne vers des études de physique et de biologie (oui, les deux en même temps, elle a dû beaucoup travailler, mais elle a pu les mener de front). Un cours sur l'évolution aura sur elle l'effet d'une révélation, en particulier l'aspect aléatoire des minuscules différences génétiques qui se glissent entre nos parents et nous, cette diversité qui tient au hasard.

La Californie l'accueille pour un stage en Master, et après plusieurs années sur la côte ouest, elle rentre en Europe, Copenhague d'abord, puis Berne, puis Lausanne où elle enseigne (un peu) et fait de la recherche (beaucoup).

Et parce qu'elle tient énormément à la transmission, elle a imaginé une pièce de théâtre, *Génome Odyssée*, qui raconte aux enfants notre histoire, ou plus exactement celle de nos ancêtres communs, leur sortie d'Afrique et leur dispersion à travers les continents.

Les Éditions La Joie de lire bénéficient d'un soutien structurel
de l'Office fédéral de la culture pour les années 2021-2024.

Avec le soutien de la République et canton de Genève.

5 chemin Neuf, CH-1207 Genève
ISBN : 978-2-88908-514-9
Dépôt légal : mai 2021
Imprimé en Pologne

Mise en page : Pascale Rosier et Christelle Duhil

www.lajoiedelire.ch